그 깊은 떨림

Poem

그 깊은 떨림

Poem

번역가 강주헌이 뽑은 부모와 자녀가 꼭 함께 읽어야 할 세계 명시 100

강주헌 엮음 | 최용대 그림

나무생각

인간은 어떤 이유에서 뭔가를 만들어낼까요?

혼자 즐기기 위해 만들어낼까요?

남들과 공유하기 위해서 만들어낼까요?

자기만을 위해 뭔가를 만들어내는 사람은 없을 겁니다.

시는 남들과 무엇을 공유하기 위한 매개일까요?

차례

사랑

사랑은 무엇과도
비교할 수 없는 아름다운 미소이기에

우정, 가족

이 세상을
믿게 만드는 사람이 있어

용기와 꿈

마지막까지 앞을 똑바로 보고
고개를 치켜들고

삶

하루도 탄생이 있고
죽음으로 끝나는 생애와 같아서

희망, 기쁨

춥디추운 땅에서도
낯설고 낯선 바다에서도

사랑

사랑은 무엇과도
비교할 수 없는 아름다운 미소이기에

사랑에 대하여 On Love

사랑이 그대에게 손짓하면 사랑을 따르십시오,
사랑의 길이 험난하고 가파를지라도.
사랑의 날개가 그대를 감싸 안으면 온몸을 내주십시오,
사랑의 깃털에 감추어진 검이 그대에게 상처를 주더라도.
그리고 사랑이 그대에게 말하면 사랑을 믿으십시오,
북풍이 저 뜰을 황폐하게 만들듯
사랑의 목소리가 그대의 꿈을 산산조각 내더라도.

사랑은 그대에게 왕관을 씌우지만 동시에 그대를 괴롭히기 때문입니다.
사랑은 그대를 성장시키지만 동시에 그대를 잘라내기 때문입니다.
사랑은 그대의 높은 곳까지 올라가 햇살에 흔들리는 지극히 약한 가지들을 어루만지지만,
동시에 그대의 뿌리까지 내려가 땅속에 붙박인 뿌리를 뒤흔들어놓기 때문입니다.

사랑은 그대를 볏단처럼 거두어들입니다.
사랑은 그대를 타작하여 발가벗깁니다.
사랑은 그대를 체질하며 그대의 겉껍질을 없앱니다.
사랑은 그대를 빻아 하얗게 만듭니다.
사랑은 그대를 낭창낭창해질 때까지 반죽합니다.
그리고 사랑이 그대를 자신의 신성한 불에 올려놓으면
그대는 하느님의 신성한 향연을 위한 신성한 빵이 됩니다.

사랑이 그대에게 행하는 이 모든 것을 통하여
그대는 마음속의 비밀을 깨닫게 되고,

그 깨달음으로 인하여 그대는 삶의 진실을 이루는 한 조각이 됩니다.

그러나 그대가 두려움에 떨며 사랑에서 평화와 즐거움만을 찾으려 한다면
그대는 알몸을 가리고 사랑의 타작마당을 빠져나가,
계절이 없는 세계로 들어가는 게 더 나을 겁니다.
그 세계에서는 그대가 웃어도 웃는 게 아니고
그대가 울어도 우는 게 아닐 겁니다.
사랑은 사랑 외에는 아무것도 주지 않으며, 사랑 외에는 아무것도 구하지 않습니다.
사랑은 어떤 것도 소유하지 않으며 어떤 것에도 소유되지 않습니다.
사랑은 사랑으로 충분하기 때문입니다.

그대가 사랑한다면, "하느님은 내 마음속에 계신다."라고 말해서는 안 됩니다.
오히려 "내가 하느님의 마음속에 있다."라고 말해야 합니다.
또 그대가 사랑의 방향을 결정할 수 있다고 생각하지 마십시오.
사랑이 그대를 사랑할 자격이 있는 존재라 생각하면 사랑이 그대를 인도할 것이기 때문입
니다.

사랑에는 사랑의 성취 이외의 다른 욕심은 없습니다.
그러나 그대가 사랑하며 꼭 이런저런 욕심을 가져야 한다면,
이런 욕심을 갖도록 해보십시오.
맑고 부드럽게 밤까지 아름다운 선율을 노래하는 시냇물을 닮기를
지나친 유약함의 고통을 알기를
사랑이 무엇인지 깨달음으로써 상처받기를

그리고 기꺼이 즐겁게 남을 위해 마음 아파하기를

숭고한 마음으로 새벽에 잠을 깨고, 사랑하는 또 하루를 허락받은 것에 감사하기를

정오에는 휴식을 취하며 사랑의 환희를 묵상하기를

저녁에는 감사하는 마음으로 귀가하기를

그리고 마음속으로 사랑하는 사람을 위해 기도하고, 그대의 입술로 찬송을 부르며 잠들기를.

– 칼릴 지브란

당신을 어떻게 사랑하느냐고요? How Do I Love Thee?

당신을 어떻게 사랑하느냐고요? 어디 한번 말해볼까요.
내 영혼이 다다를 수 있는
깊이와 폭과 높이까지 당신을 사랑합니다.
존재와 완벽한 은총의 끝이 보이지 않는다고 느껴질 때까지.
햇살 아래에서도 촛불 옆에서도 하루하루 가장 평온한 순간에도
당신이 필요할 정도로 당신을 사랑합니다.
올바른 것을 위해 싸우는 사람들처럼 내 의지로 당신을 사랑합니다.
칭찬을 바라지 않는 사람들처럼 순수하게 당신을 사랑합니다.
과거에 서글픈 사건들에 쏟았던 열정과
내 어린 시절의 신앙심으로 당신을 사랑합니다.
내가 성자들을 잊은 까닭에
잃은 줄로 알았던 사랑으로 당신을 사랑합니다.
이 땅에서는 평생 내 숨결과 미소와 눈물로 당신을 사랑하렵니다.
주님이 허락하신다면 죽어서도 당신만을 더욱 사랑할 겁니다.

− 엘리자베스 배럿 브라우닝

그대가 나를 사랑해야 한다면 If Thou Must Love Me

나를 사랑해야 한다면
오직 사랑을 위해서만 사랑해 주세요.
"미소 때문에, 외모 때문에, 다정한 말씨 때문에,
내 생각에 주저 없이 맞장구치는 사고방식,
그래서 내게 즐거운 편안함을
안겨주었기 때문에 그녀를 사랑한다."고는 말하지 마세요.
사랑하는 이여, 그러한 것들은 그 자체로 변할 수 있고
그대로 인해 변할 수도 있어, 그렇게 얻은 사랑은
그렇게 사라질 수 있으니까요. 내 뺨에 흐르는 눈물을 닦아주려는
그대의 애정 어린 연민 때문에 나를 사랑하지는 마세요.
그대의 위로를 오랫동안 받다 보면 눈물을 잊게 되고
그대의 사랑까지 잃을 수 있으니까요.
오직 사랑을 위해서만 사랑해 주세요. 그래야 언제까지나
끝없이 나를 사랑할 수 있을 거예요. 사랑이 영원하듯이.

– 엘리자베스 배럿 브라우닝

붉디붉은 장미 *A Red, Red Rose*

아, 내 사랑은 6월에 갓 피어난
붉디붉은 장미 같아라.
아, 내 사랑은 장단에 맞추어
감미롭게 연주되는 선율 같아라.

내 어여쁜 아가씨, 눈부시게 아름다운 당신에게
나는 깊이 사랑에 빠졌다오.
내 사랑아, 당신을 사랑할 테요.
모든 바다가 말라버릴 때까지.

내 사랑아, 모든 바다가 말라버리고
바위가 햇살에 녹아내릴 때까지
당신을 사랑할 테요, 내 사랑아.
내 삶의 시간이 끝날 때까지.

그러니 잘 있어요, 내 유일한 사랑이여!
그러나 잘 있어요, 잠깐 동안만!
다시 돌아올 테니, 내 사랑이여,
그 길이 천리만리여도.

– 로버트 번스

사랑이란 이런 것 This Is Love

사랑이란 이런 것 –
비밀의 하늘을 향해 날아올라가
그때마다 온갖 장막을 걷어내는 것.
먼저, 삶을 내려놓고
마지막에는 발 없이 한 발짝을 내딛는 것.
이 세상을 보이지 않는 것이라 생각하고
자아로 여겨지는 것을 무시하는 것.

사랑하는 사람들의 세계로 들어가고
육안으로 보이는 세계 너머를 보며
가슴으로 다가가 느끼는 사랑,
그것만으로도 얼마나 큰 축복인가!

– 잘랄루딘 루미

그대의 사랑 안에서 I Would Live In Your Love

그대의 사랑 안에서 살아가렵니다
해초가 바다에서 살듯이.
파도가 밀려오면 고개를 치켜들고
파도가 밀려가면 고개를 숙이는 해초처럼
내 안에 모아둔 꿈들을 내 영혼에서 비워내렵니다.
그대의 가슴을 맞대고
그대의 영혼이 이끄는 대로
그대의 영혼을 따르렵니다.

– 세라 티즈데일

간절히 바라는 것들 Desiderata

소란스럽고 바쁜 세상에서도 차분하게 지내며
침묵에도 평화가 있다는 걸 기억하십시오.
포기하지 말고 가능한 한 모든 이와 좋은 관계를 유지하십시오.
당신이 생각하는 진실을 조용하고 분명하게 말하고
다른 사람들의 말에 귀를 기울이십시오.
어리석고 무지한 사람들의 말에도
나름의 이야깃거리가 있으니까요.

시끄럽고 공격적인 사람들을 멀리하십시오.
그들은 당신의 영혼을 괴롭히는 사람들이니까요.
당신 자신을 다른 사람들과 비교하면
허영심이 생기고 마음이 괴로울 수 있습니다.
언제 어디에서나 당신보다 잘난 사람과 못난 사람이 있을 테니까요.
당신이 계획한 것만큼이나
당신이 이루어낸 것을 즐기십시오.

변변찮더라도 당신이 지금 하는 일에 관심을 쏟으십시오.
변화무쌍한 시간의 부침에서 그것만이 진정 당신의 소유니까요.
사업을 할 때는 항상 조심하십시오.
이 세상은 권모술수로 가득하기 때문입니다.
하지만 그 때문에 세상에는 미덕이 있고,
많은 사람이 드높은 이상을 위해 힘쓰고 있으며,
어디에나 영웅적인 삶이 있다는 것까지 잊지는 마십시오.

당신 자신에게 충실하십시오.
특히 가식적인 모습을 버리십시오.
사랑을 빈정대지 마십시오.
환멸로 가득한 메마른 세계에서도
사랑은 잔디처럼 영원하기 때문입니다.

연륜 있는 사람들의 조언을 진심으로 받아들이고
젊음의 치기를 얌전하게 포기하십시오.
느닷없이 닥치는 불행에서 당신을 지키려면
정신력을 키워야 합니다.
암울한 상상으로 걱정을 자초하지 마십시오.
많은 두려움이 피로감과 외로움에서 비롯됩니다.
건전한 절제도 필요하지만
당신 자신에게 너그러우십시오.

당신은 우주의 자녀입니다,
나무와 별이 그렇듯이.
당신은 여기에 존재할 권리가 있습니다.
당신에게 분명히 느껴지든 그렇지 않든 간에
우주는 원칙대로 펼쳐지고 있는 게 확실합니다.

그러므로 하느님과 평화롭게 지내십시오.
당신이 하느님을 어떻게 생각하든

당신의 노동과 염원이 무엇이든.

시끄럽고 혼란스런 삶에서도
당신 영혼의 평화를 간직하십시오.

거짓이 판치고 힘들고 단조로운 일을 계속하며
꿈이 곧잘 깨지더라도
그래도 이 세상은 아름답습니다.
기운을 내십시오.
항상 행복하려고 애쓰십시오.

– 맥스 어만

사랑의 철학 Love's Philosophy

샘물은 강물과 섞이고
강물은 바닷물과 섞인다.
하늘의 바람은 영원히
달콤한 감정과 하나가 된다.

세상의 어떤 것도 혼자이지 않아
신의 섭리에 따라 만물이
서로 어우러지는데
내가 그대와 어우러지지 못할 이유가 무엇인가?

보라, 산이 하늘에 입 맞추고
파도가 서로 껴안는 모습을.
누이가 오라비를 업신여긴다면
어떤 누이라도 용서받지 못하리라.

햇살이 대지를 껴안고
달빛이 바다에 입 맞춘다.
그대가 내게 입 맞추지 않는다면
이 모든 입맞춤들이 무슨 소용이 있으랴?

– 퍼시 비시 셸리

당신의 마음은 항상 내 안에 있습니다
i carry your heart with me(i carry it in my heart)

당신의 마음은 항상 나와 함께 있습니다
(그대의 마음은 항상 내 마음속에 있습니다)
당신의 마음이 없으면 나는 없는 것입니다
(내가 어디를 가든 당신도 함께 갑니다, 내 사랑이여
내가 홀로 무엇을 하든 당신도 함께합니다, 내 여인이여)

나는 운명이 두렵지 않습니다
(당신이 내 운명이니까요, 내 연인이여)
나는 어떤 세상도 원하지 않습니다
(아름다운 당신이 내 세상이니까요, 내 진실이여)
달이 지금껏 무엇을 의미했든 그 의미는 당신이었고
해가 앞으로 무엇을 노래하든 그 노래는 당신입니다.

여기에 아무도 모르는 깊은 비밀이 있습니다
(여기에 생명이라 일컬어지는 나무뿌리의 뿌리가 있고,
싹의 싹이 있으며 하늘의 하늘이 있습니다. 영혼이 희망하고
마음이 감출 수 있는 것보다 더 높이 그 나무를 자라게 합니다)
우리 둘의 사랑은 별들을 떼어놓을 만큼 경이로운 것입니다.

당신의 마음은 항상 나와 함께 있습니다
(그대의 마음은 항상 내 마음속에 있습니다)

– 에드워드 에스틀린 커밍스

새 아침 The Good-Morrow

그대와 나, 우리가 만나
서로 사랑하게 될 때까지 어떻게 살았는지 모르겠습니다.
그때까지 우리가 젖을 떼지 못했던 것일까요?
유치하게 촌스런 쾌락을 빨고 있었던 것일까요?
일곱 수면자의 동굴에서 코를 골고 있었던 것일까요?
그랬습니다, 하지만 우리 사랑에 비하면 모든 쾌락은 공상에 불과합니다.
설령 내가 보았고, 그래서 품에 안기를 원했던 어떤 여인이 있었더라도
그 여인은 당신을 향한 허상에 불과했습니다.

이제 잠에서 깨어난 우리 영혼에 새 아침이 밝았습니다.
이제 우리는 서로 바라보지만 조금도 겁내지 않습니다.
진정한 사랑은 한눈파는 모든 사랑을 이겨내며
하나의 작은 방을 전부로 만들어버리니까요.
바다를 탐험하는 사람들은 신세계로 가라고 하세요,
다른 사람들에게는 지도로 온갖 세계를 보라고 하세요,
우리는 하나의 세계,
각자 하나씩이지만 결국 하나인 세계를 갖기로 해요.

당신의 눈에서는 내 얼굴, 내 눈에서는 당신의 얼굴이 보이고
진실하고 꾸밈없는 우리 마음이 얼굴에 드러나니
매서운 바람이 부는 북쪽도 없고, 해가 지는 서쪽도 없으니
이보다 더 좋은 두 반구를 어디서 찾을 수 있겠습니까?
죽어 없어지는 것은 고루고루 섞이지 않은 것이니

우리 둘의 사랑이 하나라면, 즉 그대와 내가
닮은꼴로 사랑하여 누구도 느슨해지지 않는다면
우리 사랑은 결코 사라지지 않을 것입니다.

– 존 던

시간이란 Time Is

시간이란
기다리는 사람들에게는 너무 느리고,
두려워하는 사람들에게는 너무 빠르며,
슬픔에 잠긴 사람들에게는 너무 길고,
기쁨에 들뜬 사람들에게는 너무 짧다.
하지만 사랑하는 사람들에게,
시간은 그렇지 않네.

– 헨리 반 다이크

밤에는 천 개의 눈이 The Night Has a Thousand Eyes

밤에는 천 개의 눈이 있지만
낮에는 단 하나뿐.
하지만 해가 저물면
밝은 세상의 빛은 사그라진다.

머리에는 천 개의 눈이 있지만
마음에는 단 하나뿐.
하지만 사랑이 끝나면
온 삶의 빛이 사그라진다.

– 프랜시스 윌리엄 버딜런

사랑을 위하여 Barter

삶은 사랑하고 싶은 것을 팝니다
온갖 아름답고 멋진 것을
절벽에 하얗게 부서지는 푸른 파도를
높이 치솟으며 흔들리고 노래하는 불꽃을
경이로움을 잔처럼 손에 쥐고
하늘을 올려다보는 어린아이들의 얼굴을.

삶은 사랑스러운 것을 팝니다
황금 곡선 같은 음악을
비에 젖은 소나무의 향기를
당신을 사랑하는 눈과 당신을 껴안는 팔을
영혼의 평온한 기쁨을 위해
밤하늘에 별을 뿌리는 신성한 생각을.

사랑스러운 것을, 당신이 가진 모든 것을 다 바치세요
그것을 사세요, 값을 따지지 말고.
순수를 노래하는 평화로운 한 시간이면
다툼으로 잃어버린 많은 시간을 보상해 줄 테니까요.
한순간의 환희를 위해
당신이 가진 모든 것, 당신 자신까지도 다 바치세요.

– 세라 티즈데일

더는 방황하지 않으리라 So We'll Go No More a Roving

우리는 더는 방황하지 않으리라
이렇게 밤늦게까지
마음은 아직 사랑에 불타고
달은 아직 밝게 빛나고 있지만.

칼날은 칼집을 닳게 하고
영혼은 마음을 지치게 하니까
마음도 잠시 멈추어 숨을 돌리고
사랑에도 휴식이 있어야 하니까.

밤은 사랑을 위해 창조된 것이고
아침이 아주 빨리 돌아오더라도
우리는 더는 방황하지 않으리라
달빛 아래에서.

– 조지 고든 바이런

우정과 사랑 Friendship vs. Love

우정은 믿는 사람과 함께 조용히 공원을 산책하는 것
사랑은 주변에 단둘만 있다고 느끼는 것.

우정은 상대의 눈빛에서 당신을 향한 염려를 읽는 것
사랑은 상대의 눈빛에 마음이 따뜻해지는 것.

우정은 멀리 떨어져 있어도 가까이 있는 것
사랑은 가까이 있지 않아도 마음으로 상대의 손길을 느끼는 것.

우정은 상대에게 최선의 결과가 있기를 바라는 것
사랑은 상대에게 최선을 다하는 것.

우정은 당신의 마음을 채워주는 것
사랑은 당신의 영혼을 채워주는 것.

우정은 상대가 원할 때 항상 곁에 있어 주려고 노력하는 것
사랑은 상대의 곁에 있기 위해 모든 것을 포기하는 것.

우정은 겨울에도 마음을 따뜻하게 해주는 미소
사랑은 당신의 마음까지 파고드는 따뜻한 손길.

우정은 사랑 없이 존재할 수 없는 것
사랑은 우정 없이도 존재할 수 있는 것.

따라서 사랑은 무엇과도 비교할 수 없는 아름다운 미소
당신의 마음을 열어주는 다정한 웃음
당신의 두려움을 녹여 없애는 단 하나의 손길
하늘나라의 부드러움을 일깨워주는 냄새
젊음의 천진함을 떠올려주는 목소리.

– 작자 미상

Pour moi

la peinture est

une méthod

de lier l'exi stence de la vie

à l'absence

de la mort.

한 아이의 질문에 대한 대답 Answer To a Child's Question

새들이 뭐라고 말하느냐고 물었니?
참새와 비둘기, 홍방울새와 개똥지빠귀는 이렇게 말하는 거란다.
"나는 사랑해요, 나는 사랑해요!"
겨울이면 모든 새가 조용해지지. 바람이 너무 세니까.
바람이 뭐라고 말하는지는 모르겠지만
요란하게 노래하는 건 확실해.
하지만 푸른 잎이 돋고 꽃이 피고
화창하고 따뜻한 날이 돌아오면
모두가 다 함께 다시 노래하고 사랑하지.
종달새도 즐거움과 사랑에 넘쳐
아래로는 초록 들판, 위로는 푸른 하늘을 바라보며
노래하고 또 노래한단다, 끝없이 노래한단다.
"나는 내 사랑을 사랑하고, 내 사랑은 나를 사랑해요!"

– 새뮤얼 테일러 콜리지

하늘이 수놓은 천이 있다면 He Wishes For the Cloths of Heaven

나에게 금빛과 은빛으로
하늘이 수놓은 천이 있다면,
어둠과 빛과 어스름이 지어낸
푸르고 어둑하고 검은 천이 있다면,
그 천을 그대의 발아래 펼쳐놓으렵니다.
하지만 나는 가난하여 꿈밖에 가진 것이 없으니
내 꿈을 그대의 발아래 펼쳐놓았습니다.
사뿐히 지르밟으소서, 내 꿈을 밟는 것이오니.

– 윌리엄 버틀러 예이츠

사랑의 삼위일체 Love's Trinity

영혼과 마음과 육신,
우리는 이렇게 따로따로 부르지만
이 셋은 사랑에서 나눠지지도 않고 구분되지도 않아
서로 떼어놓을 수 없게 연결되어 있습니다.
하나가 명예롭지 않으면 나머지가 수치심에 휩싸이고
연료와 열과 불꽃처럼 융합되어 태워질 겁니다.

육신은 주어도 마음은 주지 않는 사람,
영혼은 양보해도 육신은 내놓지 않는 사람은
사랑하는 게 아닙니다.
사랑은 모든 것을 내주는 것입니다.
사랑은 하늘만큼 높고, 바다만큼 깊고
공기의 왕국, 이 행성의 범위만큼 넓은 것이니까요.

– 앨프리드 오스틴

그녀가 내게 왜 자기를 사랑하느냐고 묻기에

Because She Would Ask Me Why I Loved Her

질문을 해서 우리가 지혜로워진다면
눈과 눈이 마주치는 교감은 존재하지 않으리라.
우리의 모든 사연이 말로 표현된다면
입맞춤이라는 간절한 바람은 존재하지 않으리라.

영혼이 물리적인 그물망에서 해방된다면
사랑이 육신의 감정에 얽매이지 않는다면
둘이 하나가 되어 완전한 환희를 이루기를
갈망하며 가슴앓이하지 않으리라.

세상을 살아갈 때 자신을 키워가는
그 비밀스런 힘을 아는 사람이 어디에 있겠소?
지식이 전부라면, 전율하고 실신하며
달콤하게 가슴 아파했을 이유가 어디에 있겠소?

그러므로 사랑하는 이여, 내가 죽을 때까지
내가 그대를 사랑하는지, 왜 사랑하는지 묻지 마오.
내가 살아 있기에, 내 안의 생명은 그대가 준 것이기에
그대를 사랑할 수밖에 없는 것이니까.

– 크리스토퍼 브레넌

아, 나의 여인이여 O Mistress Mine

아, 나의 여인이여,
어디를 헤매고 돌아다니고 있나요?
걸음을 멈추고 내 말을 들어보세요!
높게도 낮게도 노래할 수 있는
그대의 진정한 사랑이 여기에 있습니다.
더는 방황하지 마세요, 어여쁜 임이여.
사랑하는 사람들이 만났으니 이제 방황을 끝내야지요.
현명한 사람이면 모두가 아는 거잖아요.

사랑이 무엇인가요?
사랑은 뒤로 미루는 게 아니랍니다.
지금 즐거우면 지금 웃어야지요.
내일이면 어떻게 될지 모르니까요.
미룬다고 좋을 건 하나도 없어요.
내게 입맞춤해줘요, 사랑스러운 임이여.
젊음이 영원히 지속되는 건 아니잖아요.

– 윌리엄 셰익스피어

우정, 가족

이 세상을
믿게 만드는 사람이 있어

그대에게 친구가 있다면 If You Had a Friend

강하고 솔직하며 진실한 친구
그대의 결점을 알며 이해해 주는 친구
그대의 진실함을 믿는 친구
아버지처럼 그대를 돌보아주는 친구
끝까지 그대의 곁을 떠나지 않을 친구
세상 모두가 얼굴을 찡그리더라도 미소를 지어줄 친구
그대에게 이런 친구가 있다면
당연히 그 친구를 기쁘게 해주려 애쓸 것입니다.
그 친구를 버릴 생각은 절대 하지 않을 것입니다.

그대의 친구가 높고 위대해서
그대의 친구가 화려하고 높은 궁전에 살며
왕처럼 당당하게 앉아 있다면
그대의 친구를 칭송하는 목소리가 사방에서 들린다면
그 친구가 그대에게만 눈길을 주며
무수한 군중 속에서 그대를 지목하고
자신의 황금 옥좌로 그대를 불러올린다면
아, 그대는 행복하고 자랑스럽지 않겠습니까?

상냥하고 다정한 친구, 강하고 진실한 친구
그대에게 이런 친구가 있다면
그대는 온갖 방법으로 그 친구를 즐겁게 해주려 애쓸 것입니다.
그대도 가장 멋들어지게 세상을 살 것입니다. 그렇지 않습니까?

그대가 쓰는 글에서 그 친구의 가치가 빛날 것이고
그대의 목소리는 그 친구를 칭송할 것입니다 ······ 그런데 이상합니다!
그대는 그런 친구가 없다고 말합니다.
정말 없습니까? 정말인가요? ······ 하느님은 어찌하시고요?

– 로버트 W. 서비스

친구 A Friend

친구란 슬픔과 걱정을
한 조각까지 함께하는 사람.
우연으로 만나지만 선택으로 함께하는 사람
서슴없이 당신을 칭찬하는 사람.

중대한 실수나 덧없는 변덕을 부려도
적이 될 수 없는 사람.
그대에게 필요하든 그렇지 않든 간에
친구의 강점은 언제나 그대의 강점.

그대가 어디로 향하든지
그대의 행복만을 바라는 사람.
그대가 무엇을 꿈꾸더라도
그대가 하루빨리 꿈을 이루기를 기도하는 사람.

그대가 무엇을 바라는지 말하지 않아도
그대의 바람이 무엇인지 아는 사람.
친구가 있는 사람의 삶은
죽는 날까지 이중으로 지켜지리라.

– 에드거 앨버트 게스트

화살과 노래 The Arrow and The Song

나는 허공을 향해 화살 하나를 쏘았다.
화살은 땅에 떨어졌지만 그곳이 어딘지 알 수 없었다.
너무도 빠르게 날아가
눈으로 화살의 궤적을 뒤쫓아가지 못했기 때문이다.

나는 허공을 향해 노래 한 곡을 불렀다.
노래는 땅에 떨어졌지만 그곳이 어딘지 알 수 없었다.
노래의 궤적을 뒤쫓아갈 수 있을 만큼
예리하고 강한 눈을 가진 사람이 있겠는가?

오랜 시간이 지난 후, 떡갈나무에서
나는 그 화살을 찾았다. 여전히 부러지지 않은 화살을.
그리고 그 노래는 처음부터 끝까지
한 친구의 마음에서 다시 찾았다.

– 헨리 워즈워스 롱펠로

나와 함께 먼 길을 A Mile With Me

아, 삶의 즐거운 길을
누가 나와 함께 멀리까지 걸을까?
마음 놓고 커다랗게 웃는
유쾌하고 즐거운 친구,
그리고 나와 함께 걷는,
들판과 길가에 가득 핀
화사한 꽃들을 헤치며 행복한 어린아이처럼
공상의 나래를 마음껏 펴는 친구.

삶이라는 고단한 길을
누가 나와 함께 멀리까지 걸을까?
하루가 저물어갈 때 조용한 휴식을 취하고
어둠에 잠기는 초원 위에서 빛나는 별들을
마음의 눈으로 볼 수 있는 친구.
나와 함께 걷는 길에서
기운을 북돋워주는 멋지고 다정한 말을 알고
대담하게 말해주는 친구.

이런 동반자, 이런 친구가 있다면
여름 햇살을 뚫고 겨울비에도 아랑곳없이
삶의 여정이 끝날 때까지 나는 기꺼이 걸을 것이다.
그런 다음에는? 안녕. 우리는 다시 만날 테니까.

– 헨리 반 다이크

우정의 장점 The Glory of Friendship

우정의 장점은
내밀어진 손도 아니고
다정한 미소도 아니며
함께 있는 즐거움도 아니다.

우정의 장점은
누군가 당신의 인격을 믿고
기꺼이 당신을 신뢰한다는 것을
깨닫는 사람에게 주어지는 영적인 자극이다.

– 랠프 월도 에머슨

우정이란 기적 The Miracle Called Friendship

우리 마음속에 깃든
우정이라 일컬어지는 기적이 있습니다.
우리는 모릅니다. 어떻게 우정이 생겨나고
언제 우정이 시작되는지를.

하지만 우정은 우리에게 행복을 안겨주고
언제나 특별한 기쁨을 안겨줍니다.
그때에야 우리는 깨닫습니다.
우정이 하느님의 소중한 선물이라는 걸.

– 작자 미상

아름다운 친구를 위하여 For a Beautiful Friend

자네는 시큰둥한 표정으로 내 삶에 들어왔었지.
하지만 내가 자네의 마음을 받아들인 줄은 몰랐을 거야.
나도 자네를 생각하고 기억할 때마다
진실하고 진실한 함박웃음이 지어진다네.

우리가 아름답게 함께 공유한 인연을 사랑하고
자네가 진실로 나를 배려하는 모습을 사랑하며
우리 우정은 나에게 온 세상을 의미하기에
내 유일한 소망이 있다면 그런 마음을 자네에게 보여주는 것.

고맙네, 친구, 자네의 마음과 영혼을 나에게 열어주어서.
나도 최선을 다하겠네.
자네 마음의 작은 구멍을 치유하는 걸 돕기 위해서.
기억하게, 자네의 비밀은 누구에게도 말하지 않고
안전한 곳에 꼭꼭 감춰둘 테니.

항상 기억하게,
자네가 곤경에 빠지면
나는 최선을 다하겠네.
자네에게 최고의 친구가 될 수 있도록.

고맙네, 친구, 처음부터 나를 철석같이 믿어주어서.
자네는 정말 멋진 마음을 가진 친구였네.

나는 정말 행복하네, 자네와 친구가 되었다는 게.
덕분에 아름다운 친구의 일굴을 매일 볼 수 있지 않은가.

– 작자 미상

사랑과 우정 Love and Friendship

사랑은 들장미와 같고
우정은 호랑가시나무와 같습니다.
들장미가 꽃을 활짝 피울 때
호랑가시나무는 초라해 보이지만
어느 쪽이 더 끈질기게 꽃을 피울까요?

들장미는 봄에 꽃봉오리를 맺고
여름에 활짝 핀 꽃들의 향기로 대기를 물들이지만,
겨울이 다시 찾아오면
누가 들장미를 아름답다고 말할까요?

이제 유치한 들장미 화환은 무시하고
호랑가시나무의 광채로 그대를 꾸미세요.
12월의 삭풍에 그대의 희망이 꺾이더라도
그대의 호랑가시나무 화관은 녹색을 잃지 않을 거예요.

– 에밀리 브론테

아버지의 조건 What Makes a Dad?

하느님은
산에서는 견고함을
나무에서는 위풍당당함을
여름의 태양에서는 따뜻함을
잔잔한 바다에서는 평온함을
자연에서는 너그러운 영혼을
밤에서는 포근한 팔을
역사에서는 지혜를
독수리의 비상에서는 강인함을
봄날의 아침에서는 즐거움을
겨자씨에서는 믿음을
영원에서는 인내를
가족의 소망에서는 깊은 마음을 취하여
이 모든 것을 결합했습니다.
더는 추가할 것이 없자
하느님은 자신의 걸작이 완성됐다는 걸 알았습니다.
그래서 하느님은 그 걸작품을
'아버지'라 불렀습니다.

– 작자 미상

사랑하는 어머니 Dear Mom

사랑하는 어머니,
당신을 위해 기도했습니다.
저 위에 계신 하느님께
당신이 평생 다정다감한 사랑으로
나를 축복해 주신 것에 감사하다고.

당신이 평생 나에게 보여주신
따사로운 사랑에 대해서
우리가 함께 울고 웃으며
함께 나눈 친밀감에 대해서
하느님께 감사했습니다.

그리고 어머니께 마음속 깊이
감사하다고 말하고 싶습니다
당신이 나를 위해 행했던 모든 것에 대해서.
그리고 하느님께 감사하렵니다
나에게 최고의 어머니를 보내주신 것을.

– 작자 미상

아들을 위한 기도 A Prayer For My Son

힘센 정령에게 머리맡에 서 있으라 명령하소서.
내 아들 마이클이 곤히 잠들 수 있도록
울지도 않고, 뒤척이지도 않도록
아침식사 시간이 돌아올 때까지.
어둠이 내리기 시작한 때부터 아침이 다시 올 때까지
모든 근심이 멀리 떨어져 있도록
아들의 어미가 잠이 부족하지 않게
충분히 잠잘 수 있도록.

정령에게 칼을 쥐라고 명령하소서.
내가 분명히 알기 때문이나이다
지극히 고귀한 행동과 생각이
아들의 앞날에 있을 것임을,
궁지에 몰리지 않으려고
모든 것을 물거품으로 만들어버리려는
사악한 존재들이 있다는 걸.

주님, 당신은 모든 것을
매일 무에서 만들어낼 수 있고
아침 별들에게 노래하는 법을 가르칠 수 있지만,
또렷하게 말할 수 없기에
당신의 가장 소박한 소망도 말할 수 없었고
살과 뼈로 된

가장 수치스런 것을 속속들이 알기에
한 여인의 무릎 위에서 울부짖고 있었습니다.

성스런 글에 거짓말이 없다면
당신 적의 하수인들이
도시의 곳곳을 헤집고 다녔을 때,
마리아라는 여인과 요셉이란 남자가
위험이 사라질 때까지
인간의 사랑으로 당신을 보호하며
평탄한 땅과 거친 땅 너머로
비옥한 땅과 버려진 땅 너머로 급히 떠났다지요.

– 윌리엄 버틀러 예이츠

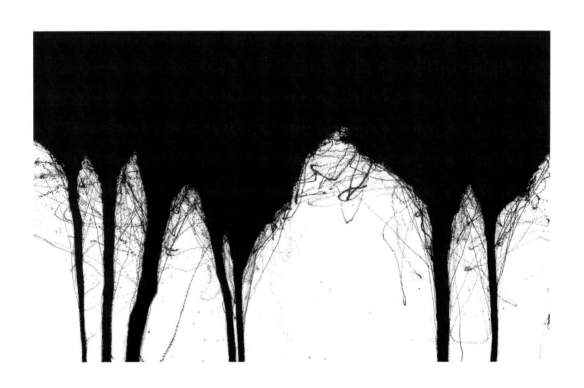

딸을 위한 기도 A Prayer For My Daughter

다시 폭풍우가 윙윙대지만
요람 덮개와 침대보에 반쯤 가려진 채
내 아기가 잠들어 있습니다.
대서양에서 시작되어
건초 더미와 지붕을 넘어뜨리는 바람을 막아줄 방패는
그레고리의 숲과 하나의 민둥산밖에 없습니다.
그래서 한 시간 동안 나는 한없이 걸으며 기도했습니다.
내 마음에 큼직하게 자리 잡은 우울함 때문에.

나는 이 어린 딸을 위하여 한 시간 동안 거닐며 기도했습니다.
바닷바람이 탑 위로, 아치형 다리 아래로
휘몰아치는 소리를 들었습니다.
넘실대는 강물 위의 느릅나무들 사이로
휘몰아치는 소리도 들었습니다.
바다의 살인적인 순수로부터
미래의 시간이 이미 잉태되어
광적인 북소리에 맞추어 춤추는 모습을
들뜬 몽상에 젖어 상상하면서.

내 딸에게 아름다움을 허락하소서.
하지만 낯선 이의 눈을 어지럽히거나
거울 앞에서 자신의 눈을 어지럽히는
아름다움이 되지 않게 하소서.

아름다움이 지나치면
오만하게 아름다움을 목적이라 생각하며
타고난 친절한 심성을 상실하고
마음을 열고 올바른 길을 선택하는 친밀감까지 상실해서
친구 하나도 얻을 수 없을 것이기 때문입니다.

헬레네는 선택받았지만 삶이 따분하고 재미없다는 걸 깨달았고
나중에는 한 멍청이 때문에 큰 곤경을 겪었습니다.
반면에 물보라에서 태어난 저 위대한 여왕은
아비가 없었던 까닭에 자신의 뜻대로 할 수 있었지만
안짱다리인 대장장이를 남편으로 선택했습니다.
아름다운 여인들은 맛있는 고기에
어울리지 않는 샐러드를 먹는 까닭에
그로 인해 풍요의 뿔이 제 기능을 못하는 게 분명합니다.

내 딸이 예절을 배우게 하소서.
마음은 선물로 주어지는 게 아니라
완벽하게 아름답지 않더라도 노력해서 얻는 것이지만,
과거에는 아름다운 여인을 얻으려고 바보짓을 했던 많은 남자가
이제는 지혜로워진 매력을 지니고
방황하고 사랑하며 사랑받는다고 생각했던
가엾은 많은 남자가,
기꺼운 친절에는 눈을 떼지 못하기 때문입니다.

내 딸이 울창하지만 눈에 띄지 않는 나무가 되게 하소서.
내 딸의 모든 생각이 홍방울새와 같아
너그러운 소리를 주변에 나눠주는 것 이외에
다른 일은 하지 않고
즐거움 이외에 다른 것은 추구하지 않고
즐거움 이외에 어떤 식으로도 다투지 않게 하소서.
아, 내 딸이 고귀한 영원의 땅에 뿌리내린
초록의 월계수처럼 살게 하소서.

내가 사랑했던 마음들,
내가 괜찮다고 생각했던 유형의 아름다움이
거의 번성하지 못한 까닭에
내 마음이 이제는 메말라버렸습니다.
하지만 숨이 막힐 정도로 증오하는 마음이야말로
모든 악 중의 최악이라는 걸 알고 있습니다.
마음속에 증오심이 없다면
세차게 공격하는 바람도
홍방울새를 나뭇잎에서 떼어놓을 수 없을 겁니다.

지적인 증오보다 나쁜 것은 없습니다.
따라서 독단적인 생각은 저주받기 마련인 걸
내 딸이 깨닫게 하소서.
풍요의 뿔로부터 태어난

가장 아름다웠던 여인이
독단적인 생각 때문에
차분한 본성을 지녔다면 누구라도 이해하는
모든 선의와 그 뿔을
분노의 바람으로 채워진 낡은 풀무와
맞바꾸는 걸 내가 보지 않았습니까?

이런 이유에서 모든 증오심을 떨쳐낼 때
영혼이 근본적인 순수함을 회복하며
그런 순수함이야말로 자신에게 즐거움을 주고
마음을 달래주고 두려움을 안겨주는 동시에
그런 순수함에서 비롯되는 맑은 의지가 하늘의 뜻이란 걸
마침내 깨닫게 된다는 걸 고려하면,
모두가 얼굴을 찡그리고
온갖 곳에서 바람이 세차게 몰아치며
모든 풀무가 폭발하더라도
내 딸은 행복할 수 있을 겁니다.

모든 것이 격식을 갖춘 평온한 가정으로
내 딸의 신랑이 내 딸을 데려가게 하소서.
오만과 증오는 길거리에서
거래되는 상품과도 같은 것이기 때문입니다.
관습과 격식이 아닌 어떤 곳에서

순수함과 아름다움이 잉태되겠습니까?
격식은 풍요의 뿔을 가리키는 이름이고
관습은 널리 가지를 뻗은 월계수의 이름입니다.

– 윌리엄 버틀러 예이츠

아버지 Father

모두가 명성을 좇는 세상에서
그분은 큰돈을 벌지도 않았고
큰 명성을 얻지도 않았습니다.
하지만 건강한 자녀들, 딸과 아들을 두었고
그들은 그분이 밟은 땅을 사랑했습니다.
그들은 그분을 하느님과 다름없다고 생각했습니다.
아, 당신은 그들이 그분을 어떻게 불렀는지 들었어야만 했습니다
— '아버지'라고.

그들이 그분을 '아빠'라고 부를 때에도 그들의 목소리에는
사랑이 깃든 작은 기도가 있는 듯했습니다.
어디에서도 그분을 영웅이라 부르지 않았지만
그분은 자신의 역할을 훌륭히 해내고 성공한 사람이었다는 걸
당신은 아셨을 겁니다.
자녀들이 '아버지'에 대해 말하는 모습에서.

그분은 자녀들에게 부귀영화를 물려주지 않았습니다.
하지만 악에 더럽혀지지 않은 피를
넘치는 건강을 물려주었습니다.
그분은 정직했고 강직했으며 자상했습니다.
마음과 몸과 정신이 맑은 분이셨습니다.
따라서 그분은 값으로 따질 수 없는 유산을
자녀들에게 물려주었습니다.

우리 아버지는 이런 분이셨습니다.
그분은 훈계하지도 꾸짖지도 않았습니다.
회초리를 장난 삼아 돌리는 막대기로 사용했습니다.
하지만 자녀들이 곤경에 빠졌을 때나 즐거워할 때나
그분은 하느님처럼 자상하게
자녀들을 응원했습니다.
그분은 아들에게나 딸에게나
언제나 친구였고 동무였습니다.
아, 당신은 그들이 그분을 어떻게 불렀는지 들었어야만 했습니다
– '아버지'라고.

나는 세상의 모든 성취가
종의 영속을 위한 하찮은 것이라 생각합니다.
벌레와 뱀, 야수도 종의 영속을 이루어냈습니다.
하지만 그분은 정말로 가치 있는 몸과 생각을
사랑으로 잉태한 후손에게 물려주었습니다.
그리고 지상에서 가장 드높은 영광을 얻었습니다
성장한 딸이나 아들이 자랑스레
'아버지'라고 부를 때.

– 엘라 휠러 윌콕스

영원한 친구 A Forever Friend

삶의 과정에서 때로는
특별한 친구를 만날 겁니다.
그의 한 부분이 되는 것만으로도
당신의 삶이 바뀌는 특별한 친구를.

당신을 끝없이
웃게 만드는 사람,
이 세상에 정말로 좋은 것이 있다는 사실을
믿게 만드는 사람,
당신이 열기를 기다리며
잠기지 않은 문이 정말로 있다는 걸
확신하게 해주는 사람.
이런 것이 영원한 우정입니다.

당신이 쓰러질 때
세상이 어둡고 공허하게 느껴질 때
영원한 친구는 당신의 기운을 북돋워주며
어둡고 공허한 세상을
순식간에 밝고 충만하게 만듭니다.

영원한 친구는 당신을 도와
힘든 시간, 슬픔에 짓눌린 시간,
혼란에 휩싸인 시간을 이겨내게 해줍니다.

설령 당신이 등을 돌려 떠나더라도
영원한 친구는 당신을 버리지 않습니다.
당신이 길을 잃으면
영원한 친구는 당신을 올바른 길로 인도하며
힘껏 응원합니다.

영원한 친구는 당신의 손을 꼭 잡고
이렇게 말합니다.
모든 것이 잘될 거라고.
이런 친구를 만나면
한없이 행복하고 완벽해진 기분일 겁니다.
걱정할 필요가 없으니까요.
평생을 함께할 영원한 친구를 만나십시오.
영원에는 끝이 없으니까요.

– 작자 미상

교육 Education

아이들에게 곱셈과 나눗셈을 가르치는 데
오랜 시간을 보내기보다
친절의 즐거움을 가르치고 싶다.
원가를 계산하는 방법보다
어떻게 해야 성격이 다른 사람들이 서로 화합할 수 있는지,
방어할 요새를 쌓는 방법이나
금화를 모아 쌓는 방법보다
어떻게 해야 끝까지 훌륭하게 살 수 있는지를
가르치고 싶다.

지식을 위한 교육은 모두에게 필요한 까닭에
부모가 일찍 시작해야 마땅하다.
하지만 그보다 더 고귀한 교육은
마음의 교육이리라.
믿음과 용기, 삶의 방식만큼
가르치기 어려운 게 또 있겠는가.

– 에드거 앨버트 게스트

세상이 원하는 사람 The World Needs Men and Women

남자든 여자든 세상에는 이런 사람이 필요합니다

돈으로 매수할 수 없는 사람

말이 곧 약속인 사람

재물보다 성품을 높게 평가하는 사람

자기 생각과 강력한 의지를 지닌 사람

소명 의식을 지닌 사람

과감히 위험에 도전하는 사람

군중 속에서 개성을 잃지 않는 사람

큰일에서나 사소한 일에서나 정직한 사람

불의와 타협하지 않는 사람

사리사욕에 눈이 멀지 않은 사람

"다른 사람이 그 일을 하기 때문에" 그 일을 한다고 말하지 않는 사람

좋은 일이 있을 때나 나쁜 일을 겪을 때, 기쁠 때니 힘들 때나 친구들에게 진실한 사람

실리를 챙기는 약삭빠른 행동이 성공의 지름길이라 믿지 않는 사람

다수가 반발하더라도 진실의 편에 서는 걸 부끄러워하거나 두려워하지 않는 사람

모두가 '그렇다'라고 말하더라도 단호히 '아니다'라고 말할 수 있는 사람.

– 작자 미상

옛 성현의 교훈 Ancient Thoughts

네가 아는 모든 것을 말하지 말라
안다고 모든 것을 말하는 사람은
실제로 아는 것보다 더 많은 것을 말하는 법이니라.

네가 들은 모든 것을 말하지 말라
들었다고 모든 것을 말하는 사람은
실제로 들은 것보다 더 많은 것을 말하는 법이니라.

네가 소유한 모든 것을 쓰지 말라
자기가 소유한 것이라고 모든 것을 쓰는 사람은
실제로 가진 것보다 더 많은 것을 쓰는 법이니라.

네가 본 모든 것을 탐하지 말라
눈으로 보았다고 모든 것을 탐하는 사람은
실제로 본 것보다 더 많은 것을 탐하는 법이니라.

– 고대 페르시아 성전에 새겨진 글

아기의 기쁨 Infant Joy

나는 아직 이름이 없어요.
태어난 지 이틀밖에 되지 않았거든요.
그럼 너를 어떻게 불러야 하지?
나는 행복해요.
기쁨이 내 이름이에요.
달콤한 기쁨이여, 네게 있어라!

귀여운 기쁨아!
태어난 지 이틀밖에 되지 않은 달콤한 기쁨아,
나는 너를 달콤한 기쁨이라 부르련다.
미소를 지어보아라.
내가 그동안 노래를 불러주마.
달콤한 기쁨이여, 네게 있어라!

– 윌리엄 블레이크

친구가 되어라 Be a Friend

친구가 되어라. 돈이 필요한 게 아니니까.
명랑한 성격,
남을 돕고
어떻게든 사이좋게 지내겠다는 마음,
친구가 없는 사람에게
자상하게 내미는 손,
거저 주거나 빌려주겠다는 의지,
이런 것만 있으면 친구가 될 수 있으리라.

친구가 되어라. 명예가 필요한 게 아니니까.
우정은 조금도 복잡하지 않은 것.
사소한 실수를 못 본 체 넘기고
정직한 노력을 진심으로 보아주고
대담한 노력을 응원해 주고
애처롭게 한숨짓는 사람을 동정하며,
친구라는 의무를 위해
잠깐의 노고만 쏟으면 충분하리라.

친구가 되어라. 숫자로 쓰이지 않더라도
한낱 자기만을 위한 노력에
몰두하는 사람들이 버는 것보다
훨씬 큰 보상이 있으리라.
그대의 노고에서 보람을 얻고 싶다면

이웃보다 친구를 두어라.
결국에는 왕자보다 부자가 되리라,
그대가 친구가 된다면.

– 에드거 앨버트 게스트

생일을 맞은 어머니를 위한 기도 A Prayer For a Mother's Birthday

예수님,
어머니의 사랑과 따사로운 마음을 아실 겁니다.
오늘 어머니의 생일을 맞아
저에게 가장 소중한 사람, 어머니를 위한 기도를 하렵니다.

저에게 생명이란 선물을 주신
어머니의 삶을 지켜주소서.
주님으로부터 비롯되는 깊어가는 삶의 불빛을
어머니가 하루하루 확신하게 하소서.

옛날에 제가 어머니의 품에
편안하게 겁 없이 누웠듯이,
이제는 어머니의 마음이 주님의 품에서
평안을 취하며 두려움을 잊고 걱정을 덜게 하소서.

어머니의 모든 바람이 이루어지게 하소서.
주님이 무언가를 거부해야 하더라도
주님의 현명하신 의지로
어머니에게 마음의 위안이 있게 하소서.

아, 어머니의 손을 잡아주소서.
옛날에 어머니가 제 손을 잡아주었듯이.
어머니가 삶의 굴곡을 이해하지 못하더라도

어머니를 주님의 평안으로 인도하소서.
어머니가 제게 베푸신 사랑의 빚을
제가 어찌 다 갚을 수 있겠습니까.
하지만 사랑의 주님, 어머니에게 합당한 보상이
있어야 한다는 걸 잊지 마소서.
이 땅과 천국에서 어머니를 축복하소서.

– 헨리 반 다이크

용기와 꿈

마지막까지 앞을 똑바로 보고
고개를 치켜들고

굴복하지 않으리라 Invictus

나를 감싸고 있는 밤은
어디나 칠흑 같은 어둠
나는 어떤 신에게든
내게 불굴의 영혼을 주심을 감사하리라.

환경의 잔혹한 마수에 떨어져서도
나는 움츠리거나 소리 내어 울지 않았다.
운명의 몽둥이에 수없이 두들겨 맞아
내 머리가 피투성이지만 고개를 떨구지 않으리라.

분노와 눈물에 짓눌린 이 땅 너머에
유령의 공포만이 어렴풋이 어른거리지만
시간의 위협에 지금도 앞으로도
나는 두려워하지 않으리라.

천국 문이 아무리 좁더라도
저승 명부가 온갖 형벌로 채워져 있더라도 상관하지 않으리라.
나는 내 운명의 주인이 되리라
나는 내 영혼의 선장이 되리라.

– 윌리엄 어니스트 헨리

만약에 If

아들아,
만약 네 주변의 모든 사람이 이성을 잃고
너를 탓할 때도 냉정을 유지할 수 있다면
만약 모두가 너를 의심할 때도 자신을 믿고
그들의 의심을 눈감아줄 수 있다면
만약 마냥 기다려도 기다림에 지치지 않는다면
거짓말에 당해도 거짓말로 대응하지 않는다면
미움을 받아도 미워하지 않는다면
또 너무 선량한 척하지 않고 너무 현명한 척 말하지도 않는다면

만약 꿈을 꾸어도 꿈의 노예가 되지 않을 수 있다면
만약 생각을 하여도 생각을 목표로 삼지 않을 수 있다면
만약 승리와 재앙을 동시에 만나도
그 두 사기꾼을 똑같이 대할 수 있다면
만약 네가 말한 진실이 악한들에 의해 왜곡되어
어리석은 사람을 옭아매는 덫이 되는 걸 견딜 수 있다면
또 네가 일생을 바친 것들이 무너진 걸 보고도
낡은 연장을 집어들고 다시 세울 수 있다면

만약 네가 지금까지의 모든 것을 하나로 모아
위험한 사업에 한꺼번에 투자해서
몽땅 잃고도 다시 처음부터 시작하고
실패에 대해 한마디도 내뱉지 않는다면

만약 심장과 신경과 힘줄이 모두 닳아 없어진 오랜 후에도
남은 힘을 어떻게든 끌어낼 수 있다면
그래서 "견디라"고 너에게 말하는 의지 이외에
아무것도 남지 않은 때에도 견딜 수 있다면

만약 군중과 얘기를 나누면서도 너의 미덕을 유지할 수 있다면
군주들과 함께 걸으면서도 민중을 위한 마음을 잃지 않을 수 있다면
만약 적도, 사랑하는 친구도 너를 해칠 수 없다면
만약 모두를 소중히 여기지만 누구도 지나치게 소중히 생각하지 않는다면
만약 60초로 1분을 온전히 빈틈없이 채우며
매 순간에 충실하다면
이 땅과 이 안의 모든 것이 네 것이고
무엇보다도 그때에야 비로소 너는 어른이 되리라!

– 조지프 러디어드 키플링

생각하라 Thinking

압도당할 것이라 생각하면 이미 압도당한 것이고
도전할 용기가 없다고 생각하면 도전하지 못하며
승리하고 싶지만 승리할 수 없다고 생각하면
승리하지 못할 것이 거의 확실하다.

패할 것이라 생각하면 이미 패배한 것이다.
우리가 살아가는 세계에서
성공은 의지에서부터 시작되기 때문이다.
모든 것이 마음가짐에 있다.

남보다 못하다고 생각하면 남보다 못한 것이다.
높이 오르고 싶다면 드높게 생각해야 한다.
너 자신을 확실하게 믿지 않으면
어떤 상도 받지 못하리라.

강하고 빠르다고
삶의 전투에서 항상 승리하는 것은 아니다.
그러나 결국 승리하는 자는
'할 수 있다고 생각하는 사람'이다!

– 월터 D. 윈틀

포기하지 말라 Don't Quit

때로는 그렇겠지만 상황이 잘못되더라도
그대가 터벅터벅 걷는 길이 한없는 오르막으로 보이더라도
가진 돈이 바닥나고 빚은 쌓여가더라도
웃고 싶지만 한숨이 내쉬어지더라도
근심이 그대의 마음을 짓누르더라도
꼭 쉬어야 한다면 잠시 쉬더라도 포기하지 말라.

때로는 우리 모두가 깨닫겠지만
삶은 이상하게도 우여곡절이 있는 법,
수많은 실패도 끝까지 버티었더라면
성공할 수 있었다는 걸.
포기하지 말라, 지금은 느리더라도
한 번 더 시도하면 성공할 수 있을 테니.

심약하고 비틀거리는 사람은
보이는 것보다 목표가 더 가까이 있는데도
중도에 포기해 버린다.
승자의 컵을 손에 쥘 수 있었는데
어둠에 짓눌린 후에야 뒤늦게 깨닫는다,
황금 왕관이 바로 눈앞에 있었다는 걸.

성공과 실패는 안팎의 차이
의혹의 그림자에 감도는 희망의 은빛

성공에 얼마나 가까이 다가왔는지 누구도 모르지만
아득히 멀리 보일 때 눈앞에 있을 수도.
격심한 타격을 받은 때도 끝까지 싸워라.
최악의 상황에서도 포기해서는 안 된다.

– 작자 미상

끝까지 해보라 See It Through

난관에 부딪치면
대담하게 맞서라, 피하지 말고
턱을 치켜들고 어깨를 펴라.
두 다리에 힘을 주고 다시 일어서라.
어떻게 해도 난관을 피할 수 없다면
네가 할 수 있는 최선을 다하라.
실패할 수 있지만 승리할 수도 있다.
한번 끝까지 해보라!

어두운 먹구름이 너를 뒤덮더라도
네 미래가 암울하게 보일지라도
용기를 잃지 말라.
언제든 어려움에 맞설 자세를 갖추라.
최악의 상황이 닥치며
네가 할 수 있는 모든 수단을 방해하더라도
도망친다고 문제가 해결되는 것은 아니다.
한번 끝까지 해보라!

희망조차 헛되게 보일지 모른다.
온갖 난관에 사로잡히더라도
기억하라, 네가 지금 겪고 있는 어려움은
이미 다른 사람들도 겪은 어려움에 불과하다는 걸.
실패한다면 넘어져서라도 싸워라.

어떤 일을 하더라도 포기하지 말라.
마지막까지 앞을 똑바로 보고 고개를 치켜들고
한번 끝까지 해보라!

– 에드거 앨버트 게스트

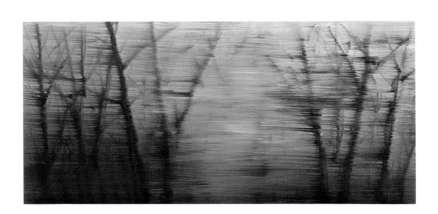

불가능은 없다 It Couldn't Be Done

누군가 그 일은 불가능한 것이라고 말했다.
그는 빙그레 웃으며 대답했다.
"그럴지도 모르죠." 그러나 그는 시도해 보기 전에는
그렇게 말할 사람이 아니었다.
그래서 그는 허리띠를 바짝 동여매며 얼굴에는
웃음기를 띠었다. 걱정이 있었겠지만 드러내지 않았다.
노래를 부르기 시작하며, 모두가 불가능하다고 말하는
그 일에 달려들었다. 그리고 그 일을 해냈다.

누군가 비웃었다. "너는 절대 그 일을 해낼 수 없어.
아직까지 누구도 해낸 적이 없거든."
그러나 그는 외투를 벗었고 모자까지 벗었다.
그리고 그가 그 일을 시작했다는 게 곧 알려졌다.
턱을 치켜들고 옅은 미소까지 머금은 채
어떤 의심이나 억지소리도 없이
노래를 부르기 시작하며, 모두가 불가능하다고 말하는
그 일에 달려들었다. 그리고 그 일을 해냈다.

그 일은 불가능하다고 말하는 사람이 무수히 많고
실패를 예언하는 사람이 무수히 많고
너를 공격하려고 도사린 위험들을
하나씩 지적하는 사람이 무수히 많겠지만
그러나 허리띠를 동여매고 옅은 미소를 띤다면

코트를 벗어던지고 그 일을 시작한다면
노래를 부르기 시작하며, 모두 "불가능하다"고 말하는
그 일에 달려든다면, 너는 그 일을 해낼 수 있을 것이다.

– 에드거 앨버트 게스트

외로운 길 The Lone Trail

외로운 길을 아는 그대여, 그 길을 기꺼이 따르라
그 길이 영광으로 이어지든 어둠의 묘혈로 이어지든.
외로운 길을 택한 그대여, 사랑하는 이에게 안녕이라 말하라.
외로운 길, 외로운 길을 따르라, 죽음을 맞을 때까지.

세상의 길은 헤아릴 수 없이 많지만, 그 대부분은 이미 밟았던 길이네.
그대는 많은 사람들의 뒤를 따라서 걸어가네, 길이 갈라지는 곳에 이를 때까지.
환한 햇살이 비춰주는 안전한 길과 어둠에 잠긴 황량한 길
하지만 그대는 외로운 길에 눈길을 주고, 외로운 길은 그대를 유혹하네.

그대는 곧게 뻗은 길을 넌더리 내네, 시끄럽고 편하다는 이유로.
그대는 위험한 샛길을 원하네, 그 길이 어디로 향하든 개의치 않고.
때로 그 길은 사막으로 이어지며, 그대는 혀가 입 밖으로 늘어지고
신기루에 현혹되어 휘청거리며 갈증에 죽어가네.
때로 그 길은 험준한 산과 홀로 빛나는 모닥불로 이어지고
그대는 굶주림에 시달리며 허리띠를 조이네.
때로 그 길은 남쪽 땅, 난초가 발갛게 빛나는 습지로 이어지고
그대는 죽을 때까지 미친 듯이 격노하고, 시신은 옷까지 빼앗기네.
때로 그 길은 북쪽 땅으로 이어지고, 괴혈병에 그대의 뼈는 물러지고
그대의 살은 움푹 들어가며, 그대는 이빨들을 돌멩이처럼 내뱉네.
때로 그 길은 건달 같은 파도에 밀려 산호초로 이어지고
그대는 자리에 앉아, 갈매기가 탐욕스레 기다리는 곳을 멍한 눈길로 바라보네.
때로 그 길은 북극의 황량한 길, 그대의 찢어진 두 발이 얼어붙는 눈밭으로 이어지고

그대는 쓸모없는 흙을 깎아내리며 엎드려 엉금엉금 기어가네.

종종 그 길은 죽음의 웅덩이로 이어지고, 항상 고통으로 이어지네.

형제들의 뼈로 그대는 그 사실을 알지만, 그대는 기꺼이 그 길을 따르네.

그대의 뼈를 보고 형제들은 그대의 뒤를 따르리라.

세상의 모든 길이 평탄해질 때까지.

사랑하는 이에게 안녕이라 말하라, 친구에게 안녕이라 말하라.

외로운 길, 외로운 길을 끝까지 따르라.

진리를 찾아 선택한 길이기에 머뭇대지 말고 두려워하지 말라.

외로운 길을 사랑하는 이여, 그 외로운 길이 그대를 기다리노라.

– 로버트 W. 서비스

계속하라 Carry On!

그대가 전율과 명예를 미친 듯이 바랄 때
모든 것이 제대로 갖추어져 있을 때 싸우기란 쉬운 일이리라.
승리가 가까웠을 때 환호성을 지르고
피비린내 나는 전장에서 몸부림치기란 쉬운 일이리라.
그러나 그대가 극악한 위험을 만날 때
모든 것이 뒤틀어질 때에는 전혀 다른 노래가 되리라.
열 명의 적에 맞서고 아무런 희망이 없을 때에도
어린 병사야, 기운을 내고 껄껄거리며 웃으라.

포기하지 말고 계속하라!
그대 주먹질에 힘이 없구나.
그래도 눈을 부릅뜨고 주먹을 마구 휘두르라.
흙투성이가 되고 피투성이가 되더라도 개의치 말라.
포기하지 말고 계속하라!
그대는 연극 무대의 유령이 아니리니
비록 죽음이 코앞에 닥치더라도 숨결이 붙어 있는 한
계속하라! 내 아들아, 계속하라!

삶의 투쟁에서
그대가 승리하고 있을 때에는 싸우기는 쉬우리라.
성공의 여명이 시작될 때에는
노예처럼 일하고 허기를 견디며 대담하게 행동하기는 쉬우리라.
그러나 절망과 좌절을 기꺼이 견뎌낼 수 있는 사람

그 사람은 신이 선택한 사람이리라.
하늘의 권세로 싸울 수 있는 사람은
패하고 있을 때에도 싸울 수 있는 사람이리라.

포기하지 말고 계속하라!
그처럼 암울했던 시기가 없었으리라.
하지만 그대가 조금도 겁내지 않는 것을 보여주라.
그대에게 행운이 같이하지 않는 것일 뿐, 그대는 약한 자가 아니리라.
포기하지 말고 계속하라!
기운을 내고 다시 공격하라.
지옥 불처럼 보이더라도, 결코 그렇게 말하지 말라.
계속하라! 친구여, 계속하라!

의혹의 사막에서 방황하는 사람들이 있으리라.
잔혹한 땅에서 몸부림치는 사람들이 있으리라.
그러나 좇아야 할 하늘의 길이 있기에
흔들리지 않는 자세로 묵묵히 걷는 사람들도 있으리라.
온 마음을 다해 일하고 그대의 가장 소중한 것을 아낌없이 내놓으며
나눔에서 즐거움과 기쁨을 얻고
뭇사람들이 손을 잡고 노래하는 것을 돕는다면
삶의 진정한 햇살이 비추리라!

포기하지 말고 계속하라!

고결한 대의와 진실을 위해 싸우라.

그대의 소명을 믿으라, 삶을 즐겁게 받아들이라.

해야 할 큰일이 있으리니, 그 때문에 그대가 존재하는 것이리라.

포기하지 말고 계속하라!

그대를 위해 더 나은 세상을 만들라.

그대가 삶을 끝마칠 그날까지, 이렇게 외치라.

계속하라! 내 영혼아, 계속하라!

– 로버트 W. 서비스

무엇이 되든 최고가 되어라 Be the Best of Whatever You Are!

언덕 꼭대기의 소나무가 될 수 없다면
골짜기의 딸기나무가 되어라.
그러나 실개천 가에서 가장 좋은 딸기나무가 되어라.
나무가 될 수 없다면 덤불이 되어라.

덤불이 될 수 없다면 풀 한 포기가 되어라.
그리고 어떤 큰길을 더욱 즐겁게 해주어라.
잉어가 될 수 없다면 붕어가 되어라.
그러나 호수에서 가장 활기찬 붕어가 되어라.

모두가 선장일 수는 없어 누군가는 선원이 되어야 한다.
누구에게나 여기서 할 일이 있다.
중요한 일이 있고 시시한 일도 있다.
네가 해야 할 일은 가까이에 있는 것이다.

큰길이 될 수 없다면 오솔길이 되어라.
태양이 될 수 없다면 별이 되어라.
네가 이기고 지는 것은 크기로 결정되는 게 아니다.
무엇이 되든 최고가 되어라!

– 더글러스 맬럭

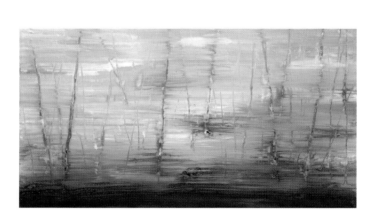

당신은 어느 쪽인가요? *Which Are You?*

요즘 세상에는 두 종류의 사람이 있습니다.
오직 두 종류의 사람이 있을 뿐, 더는 없습니다.

죄인과 성자가 아닙니다. 잘 아시겠지만
선한 사람에게도 나쁜 점이 있고, 악한 사람에게도 좋은 점이 있으니까요.

부유한 사람과 가난한 사람도 아닙니다. 한 사람의 부를 평가하려면
먼저 그 사람의 양심과 건강 상태를 알아야 하니까요.

겸손한 사람과 오만한 사람도 아닙니다. 짧은 삶의 시간에
자만심에 우쭐대는 사람은 인간으로 여겨지지도 않으니까요.

행복한 사람과 불행한 사람도 아닙니다. 쏜살같이 흘러가는 시간은
누구에게나 웃음을 주고 누구에게나 눈물을 주니까요.

그렇습니다. 내가 말하는 두 종류의 사람은
짐을 드는 사람과 남에게 의지하는 사람입니다.

어디를 가든 확인하게 될 겁니다.
세상의 모든 사람이 항상 두 종류로만 나뉜다는 걸.

그리고 참 이상하게도 내 생각에는 남에게 기대는 사람이 스무 명이면
짐을 드는 사람은 한 명뿐입니다.

당신은 어느 쪽인가요? 무거운 짐을 지고
힘겹게 길을 걷는 사람의 짐을 덜어주는 사람인가요?

아니면 당신 몫의 짐과 걱정과 근심을
남에게 떠맡기며 의지하는 사람인가요?

– 엘라 휠러 윌콕스

배척당하더라도 Outwitted

그는 원을 그려놓고
나를 그 안에 못 들어오게 했습니다.
이단자, 반역자, 경멸받아 마땅한 사람이라며.
하지만 사랑과 나에게는
그런 상황을 이겨낼 지혜가 있었습니다.
우리는 더 큰 원을 그리며
그를 감싸 안았습니다!

– 에드윈 마컴

파괴자와 창조자, 당신은 어느 쪽입니까?

Wrecker or Builder, Which Are You?

나는 그들이 건물을 해체하는 걸 지켜보았습니다,
한 무리의 사람들이 분주한 도심에서.
영차, 영차, 활기차게 고함치며
기둥을 넘어뜨렸고, 인도를 파헤쳤습니다.
나는 공사 감독에게 물었습니다.
"이 사람들은 당신이 건물을 세울 때 고용하는 사람들처럼 숙련공입니까?"
그는 껄껄 웃어보이며 대답했습니다.
"천만에! 막일 인부로도 충분합니다.
창조자들이 일 년에 완성한 것을
나는 하루 이틀이면 쉽게 없애버립니다."

그래서 나는 길을 걸으며 머릿속으로 생각했습니다.
파괴자와 창조자, 지금까지 나는 어떤 역할을 했을까?
줄자와 직각자로 삶을 측량하며
신중하게 일하는 창조자였던가?
잘 세워진 계획에 따라 행동하며
최선을 다해 끈기 있게 일했던가?
아니면 도심을 어슬렁거리며
해체하는 막일에 만족하던 파괴자였던가?

– 작자 미상

투쟁이 소용없는 짓이라 말하지 말라
Say Not the Struggle Naught Availeth

투쟁이 소용없는 짓이라 말하지 말라.
노력과 상처가 헛된 것이고
적은 약해지지도 실패하지도 않는다고
세상은 예전과 다름없을 것이라고 말하지 말라.

희망은 앞잡이고. 두려움은 거짓말쟁이일지 모르지만
저 감추어진 연기 뒤로
지금도 그대의 전우들은 도망치는 적군을 뒤쫓고 있어
그대가 없었다면 이미 전투를 승리했을 수도 있으리라.

피로에 지친 파도들이 헛되이 부서지며
여기에서는 한 치의 땅도 얻지 못하는 것처럼 보이더라도
저 뒤, 좁은 물줄기와 작은 만으로는
바닷물이 소리 없이 밀려들고 있지 않는가.

햇살이 새벽녘에 찾아들 때
동쪽 창으로만 스며드는 게 아니다.
앞쪽에서 태양이 느릿하게 느릿하게 떠오르지만
보라, 서쪽 땅도 환해지지 않는가.

— 아서 휴 클러프

가치 있는 사람 Worthwhile

삶이 노래처럼 흘러가면
누구나 즐겁게 지낼 수 있겠지요.
하지만 가치 있는 사람은
모든 것이 지독히 잘못되더라도 미소 짓는 사람일 겁니다.
마음의 시금석인 역경은
금세 끝나는 법이 없어
사람들에게 칭찬받을 가치가 있는 미소는
눈물 속에서도 빛나는 미소일 테니까요.

그대의 마음을 유혹하는 게 없다면
안팎에서 그대의 영혼을 유인하는
죄악의 목소리가 없다면
신중하게 처신하기 쉽겠지요.
하지만 불의 시련이 있기 전까지
악을 범하지 않은 소극적 미덕에 불과합니다.
세상에서 박수 받을 가치가 있는 삶은
유혹과 욕심을 이겨내는 삶입니다.

삶의 낙오자들은 슬픔과 냉소에 사로잡혀
시련을 이겨낼 힘이 남지 않은 까닭에
힘차게 달리려는 세상의 걸림돌입니다.
그들은 삶의 이야기를 지어냅니다.
하지만 분노를 정복한 미덕,

그리고 미소 뒤에 감추어진 슬픔은,
이 땅에서 존경받을 가치가 있는 것들입니다.
아주 드물게만 눈에 띄는 것들이니까요.

– 엘라 휠러 윌콕스

행복의 계단 Steps To Happiness

누구나 알고 있습니다.
당신이 모든 이에게 모든 것일 수 없다는 것을,
당신이 한 번에 모든 것을 다 할 수 없다는 것을,
당신이 모든 것을 똑같이 다 잘할 수 없다는 것을,
당신이 모든 것을 다른 사람보다 잘할 수 없다는 것을,
당신의 능력도 다른 사람과 똑같다는 것을.

따라서
당신의 역량을 알아내서 한계를 넘지 마십시오.
먼저 할 것을 결정하고 그것을 하십시오.
당신의 상점을 알아내서 최대한 활용하십시오.
다른 사람들과 경쟁하지 않고 협력하는 법을 배우십시오.
누구도 당신이 되려고 경쟁하지 않기 때문입니다.

그렇게 하면
당신만의 고유한 특성을 받아들이게 될 겁니다.
우선순위에 따라 결정내리는 법을 배우게 될 겁니다.
당신의 한계를 인정하며 살아가는 법을 배우게 될 겁니다.
마땅히 받아야 할 존경을 누리는 법을 배우게 될 겁니다.
그럼 당신은 세상에서 가장 활기찬 사람이 될 겁니다.

그리고 감히 믿으십시오.
당신은 유일무이한 멋진 사람이라고,

당신은 인류의 역사에 다시없는 사람이라고.
당신이 지금의 당신인 이유는 권리를 넘어 의무라고.
삶은 해결해야 할 문젯거리가 아니라 소중한 선물이라고.
그럼 당신은 삶을 진정으로 즐기며 진정한 행복을 발견할 수 있을 겁니다.

– 작자 미상

가장 위대한 것은 The Greatest......

가장 만족감을 주는 일은…… 남을 돕는 것입니다

가장 보기 힘든 사람은…… 헌신적인 지도자입니다

가장 중요한 자연 자원은…… 우리의 젊음입니다

가장 큰 활력소는…… 격려입니다

극복해야 할 가장 큰 문젯거리는…… 두려움입니다

가장 효과적인 수면제는…… 마음의 평화입니다

가장 멀리해야 할 질병은…… 변명입니다

삶에서 가장 강력한 힘은…… 사랑입니다

세계에서 가장 경이로운 컴퓨터는…… 두뇌입니다

결코 없어지면 안 될 것은…… 희망입니다

인간관계에 필요한 가장 강력한 도구는…… 혀입니다

가장 강력한 힘을 지닌 말은…… "나는 할 수 있다"입니다

가장 강력한 커뮤니케이션 수단은…… 기도입니다

가장 큰 자산은…… 믿음입니다

가장 쓸모없는 감정은…… 자기 연민입니다.

가장 소중한 보물은…… 자긍심입니다

가장 전염성이 강한 기분은…… 열정입니다

가장 아름다운 의상은…… 미소입니다.

– 작자 미상

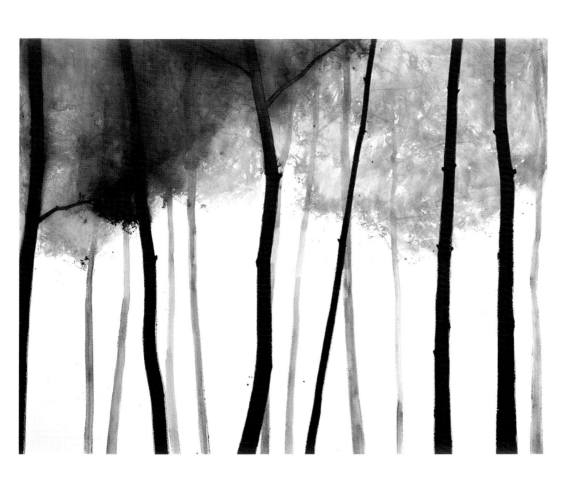

꿈 Dreams

꿈 하나가 깨진다고 꿈꾸기가 끝나는 건 아닙니다.
희망 하나가 부서진다고 모든 희망이 사라지는 건 아닙니다.
크고 작은 폭풍우 너머에서는 별들이 빛나고 있으니
그대의 성곽이 무너지더라도 성곽을 다시 세우십시오.

많은 꿈이 재앙을 만나 허물어지더라도
고통과 가슴앓이가 그대를 괴롭히더라도
결국에는 승리할 거라는 꿈과 희망, 그대의 믿음을 잃지 마십시오.
그리고 그대의 눈물에서 교훈을 찾으십시오.

모든 것이 완벽할 수는 없습니다! 만신창이가 된 삶이라는
시냇물에 안쓰러운 잔해가 어떻게 흩뿌려져 있는지 보십시오.
모든 꿈이 이루어지지 않는다고 분노하지 마십시오.
이제는 꿈꾸지 않겠다고 절대 소리치지 마십시오.

– 에드거 앨버트 게스트

마음을 편히 하라 Be at Peace

앞날을 생각할 때 삶의 변화를 두려워하지 말라.

오히려 삶이 변하면
하느님이 모든 것에서 너를 안전하게 이끌어주실 것이고
네가 견딜 수 없는 지경에 이르면 하느님이 너를 감싸 안으실 것이라.

내일 어떤 일이 벌어질지 두려워하지 말라.

오늘 너를 돌봐주시는 영원히 변치 않는 하느님이
오늘 그리고 매일 너를 돌봐주실 테니까.

너를 고통으로부터 지켜주시거나
그 고통을 견뎌낼 수 있는 불굴의 힘을 주실 테니까.

그러니 마음을 편히 하라. 모든 걱정스런 생각과 상상을 잊으라.

– 성 프란치스코 살레시오

모래톱을 건너며 Crossing the Bar

석양과 저녁 별
그리고 나를 부르는 맑은 목소리!
모래톱이 한탄하지 않기를 바라노라
내가 바다로 나갈 때.

그저 조수가 잠자듯 움직이고
충만하며 파도 소리와 포말도 없기를 바라노라
끝없는 심연에서 빠져나온 것이
고향으로 다시 돌아갈 때.

황혼과 저녁 별
그리고 그 뒤에 찾아오는 어둠!
이별의 슬픔이 없기를 바라노라
내가 떠나갈 때.

시간과 공간의 경계로부터
물결이 나를 저 멀리 실어가더라도
모래톱을 건넜을 때
내 인도자를 대면하기를 바라니까.

– 앨프리드 테니슨

선택의 힘 Power of Choice

선택의 힘은 상상을 초월합니다.
이렇게 해보십시오.

증오보다 사랑을 선택하십시오
이맛살보다 미소를 선택하십시오
파괴보다 창조를 선택하십시오
포기보다 인내를 선택하십시오
험담보다 칭찬을 선택하십시오
상처보다 치유를 선택하십시오
독점보다 나눔을 선택하십시오
우유부단보다 행동을 선택하십시오
절망보다 기도를 선택하십시오
저주보다 용서를 선택하십시오

하루하루가 선택을 위한 새로운 기회입니다.
오늘 당신은 무엇을 선택하시겠습니까?

– 노르베르트 베버

삶

The Bare Tree:
a Prologue
to Poetry

The moment language awoke,
without words,
the universe comes smiling
the luxuriant foliage and hues
dropping as historical events;
but might that be poetry
that blows at the tip
of the sensitive twig?

Poem by Kim Chan-Su

하루도 탄생이 있고
죽음으로 끝나는 생애와 같아서

운명의 바람 The Winds of Fate

한 척은 동쪽으로, 또 한 척은 서쪽으로 항해합니다.
그런데 부는 바람은 똑같습니다.
우리에게 나아갈 방향을 알려주는 것은
큰바람이 아니라
돛의 방향입니다.

우리가 삶의 과정을 여행하는 동안
운명의 방향은 바닷바람과 같습니다.
삶의 목표를 결정하는 것은
영혼의 방향이지
평온함이나 다툼이 아닙니다.

– 엘라 휠러 윌콕스

아, 그다음에는 What If You Slept?

당신이 잠잘 때
꿈을 꾼다면
어떻게 될까?

당신이 꿈에서
천국에 가서
그곳에서
이상하고도 아름다운 꽃을 꺾는다면
어떻게 될까?

당신이 잠에서 깨었을 때
그 꽃이 당신 손에 쥐어져 있다면
어떻게 될까?

아, 그다음에는?

– 새뮤얼 테일러 콜리지

평생을 하루처럼 Each Day a Life

하루하루를 짧은 생애라 생각하렵니다.
탄생이 있고 죽음으로 끝나는.
따라서 하루하루를 근심과 다툼을 멀리하며
분별 있고 즐겁게 살아가렵니다.

간절한 눈으로 아침을 맞이하렵니다.
소년처럼 즐겁게.
삶의 경이와 환희를 누리기 위해
갓 태어났다는 걸 아니까요.

석양의 장려함이 이지러지고
휴식의 시간이 무르익으면
기꺼이 죽을 겁니다.
다시 살아난다는 걸 아니까요.

아, 삶이 하루에 불과하다는 걸 아니까요.
밝고 즐겁고 분별 있는 하루!
또 내가 이렇게 말할 수 있다는 것도 아니까요.
"나는 다시 깨어나려고 잠자는 거야."

– 로버트 W. 서비스

만약 If

만약 주근깨가 예쁜 것이고 낮이 밤이라면
홍역이 좋은 것이고 거짓말이 거짓말이 아니라면
삶은 즐겁게 보일지도 모르겠습니다.
하지만 세상사가 그처럼 호락호락하지 않습니다.
그처럼 곤혹스런 상황에서는
'나'가 '나'가 아닐 테니까요.

만약 땅이 하늘이고 지금이 그때라면
과거가 현재이고 거짓이 진실이라면
그럴듯한 의미가 있을지도 모르겠습니다.
하시만 나는 마음 졸이며 걱정할 겁니다.
그런 가식적인 상황에서는
'당신'이 '당신'이 아닐 테니까요.

만약 두려움이 용기 있는 것이고 원이 사각형이라면
먼지가 깨끗하고 눈물이 환희라면
만물이 밝게 보일지도 모르겠습니다.
하지만 모든 게 절망에 휩싸일 겁니다.
여기가 저기라면
'우리'가 '우리'가 아닐 테니까요.

– 에드워드 에스틀린 커밍스

인생 예찬 A Psalm of Life

슬픈 어조로 내게 말하지 말라,
인생은 한낱 헛된 꿈이라고!
잠자는 영혼은 죽은 영혼이며
세상은 겉모양과 다른 법이니까.

인생은 진실한 것! 인생은 진지한 것!
무덤이 어찌 인생의 목표가 되겠는가.
너는 흙이니 흙으로 돌아가리라,
우리 영혼을 두고 한 말이 아니었다.

우리에게 운명 지어진 목적이나 수단은
향락도 아니고 슬픔도 아니다.
내일의 하루하루가 오늘보다
나은 날이 되도록 행동하는 것.

예술은 길고 인생은 덧없어라
우리 심장은 단호하고 대담하지만
소리를 죽인 북소리처럼, 지금은
무덤을 향한 장송곡을 울리고 있다.

세상이라는 드넓은 전쟁터
삶이라는 야영지에서
묵묵히 끌려가는 가축처럼 행동하지 말라!

전투에서 승리하는 영웅이 되라!

아무리 달콤해도 미래를 믿지 말라!
죽은 과거는 그대로 묻어버려라!
행동하라, 살아 있는 현재에 행동하라!
가슴에는 용기를 품고 위로는 하느님을 바라보며!

위인들의 삶이 우리에게 일깨워주지 않는가,
우리도 숭고한 삶을 살아갈 수 있다고
세상을 떠날 때 우리도
시간의 모래 위에 발자국을 남길 수 있다고.

훗날 인생의 장엄한 항로를 항해할 때
난파되어 낙오된 우리 형제,
다른 사람이 그 발자국을 보고
다시 용기를 낼 수 있지 않겠는가.

자, 일어나 행동하자,
어떤 운명이든 이겨내겠다는 각오로.
끊임없이 성취하고 끊임없이 추구하고
일하며 기다리는 법을 배우자.

– 헨리 워즈워스 롱펠로

하나의 힘 Just One

한 곡의 노래가 순간에 활기를 불어넣을 수 있고
한 송이의 꽃이 꿈을 되살려낼 수 있다.
한 그루의 나무가 숲의 시작일 수 있고
한 마리의 새가 봄의 도래를 알릴 수 있다.

한 번의 미소로 우정이 시작되고
한 번의 악수가 영혼에 기운을 북돋워준다.
하나의 별이 바다를 항해하는 배를 인도할 수 있고
하나의 단어로 목표를 세울 수 있다.

한 표가 국가를 바꿀 수 있고
한 줄기의 햇살이 방을 밝힌다.
한 자루의 초가 어둠을 몰아내고
한 번의 웃음이 우울함을 날려보낸다.

한 걸음으로 모든 여행이 시작된다.
하나의 단어로 모든 기도가 시작된다.
하나의 희망이 우리 기운을 북돋워주고
한 번의 손길이 당신의 배려를 보여줄 수 있다.

한 사람의 목소리가 지혜롭게 말할 수 있고
한 사람의 마음이 무엇이 진실인지 알 수 있으며
한 사람의 삶이 변화를 가져올 수 있다.
이 모든 것이 당신에게 달려 있다!

– 작자 미상

시간을 아껴라 To the Virgins, To Make Much of Time

할 수 있을 때 장미꽃 봉오리를 따라
시간은 예부터 끊임없이 날아가고 있어
이 꽃도 오늘은 미소 짓고 있지만
내일이면 시들어 죽어가리라

하늘에서 찬란히 빛나는 등불,
태양도 더 높이 올라갈수록
운행이 더 빨리 끝날 것이고
낙조의 시간이 가까워지리라

젊음과 피가 약동하는
지금이 더할 나위 없이 가장 좋은 때
하지만 지금이 지나면 나빠지고
시간과 더불어 악화되기만 하리라

그러니 수줍어 말고 시간을 아껴라
할 수 있을 때 짝을 맺으라
젊음의 시간이 지나고 나면
한없이 머무적거려야 할 테니

– 로버트 헤릭

생각을 줄여라 <small>Do Less</small>

생각을 줄이고
마음의 소리에 더 귀를 기울이라
더 많이 가지려 하지 말고
이미 소유한 것에 더 집중하라

불평을 줄이고
베풂을 위해 힘쓰라
상대를 지배하려 하지 말고
자유롭게 풀어주려 애쓰라

비판을 줄이고
칭찬하는 데 힘쓰라
다툼을 줄이고
용서하려 애쓰라

분망한 삶을 줄이고
차분한 삶을 즐겨보라
말을 줄이고
침묵에 집중하라

– 작자 미상

거울에 비친 사람 The Man In the Glass

재물을 얻기 위한 몸부림 끝에 그대가 원하는 걸 얻어
세상이 그대를 하루 동안 왕으로 삼는다면
거울 앞으로 달려가 그대의 모습을 바라보며
그 사람이 무엇이라 말하는지 주목하라.

그 사람은 그대의 아버지도 어머니도 아내도 아니다.
그대에 대한 그들의 판단은 무시해도 상관없지만
그대의 삶에서 가장 중요한 평결을 내리는 사람은
거울에서 그대를 뚫어지게 쳐다보는 사람이다.

그 사람을 즐겁게 해주라, 다른 것은 괘념치 말고.
끝까지 그대와 함께할 사람이니까.
거울에 비친 사람이 그대의 친구라면
지극히 위험하고 어려운 시련도 넘겼을 테니까.

그대는 잭 호너처럼 땅문서를 자두라고 속이고도
착한 사람이라 생각할지 모르지만
그대가 거울에 비친 사람의 눈을 똑바로 쳐다보지 못하면
그 남자는 그대를 건달에 불과하다고 말할 것이다.

삶의 여정에서 오랫동안 온 세상을 속이고
그 과정에서 세상 사람들에게 격려를 받을 수도 있겠지만
거울에 비친 사람을 속였다면

결국 돌아오는 것은 가슴앓이와 눈물일 것이다.

– 데일 웜브로

삶의 법칙 Rules For the Road

허리를 펴고 똑바로 서라
힘차게 걸음을 내딛고, 온몸을 내던져라
그러면 하늘은 너의 머리 위로 높이 있고
잿빛 길은 너의 발걸음에 충실하리니.

강하라
너의 심장 소리에 맞추어 전투가를 불러라
적이 숨어 기다리더라도
운명의 여신에게 미소 짓는 뭔가가 너에게 있으리니.

헤치고 나가라
네가 진실하다면 어떤 것도 너를 해치지 못하리라
그리고 밤이 오면 쉬어라
대지는 어머니의 품처럼 포근하리니.

− 에드윈 마컴

오늘에 집중하라 Salutation To the Dawn

새벽이 열리는 소리에 귀를 기울이라!
오늘에 집중하라!
오늘이 삶, 바로 참다운 삶이기 때문이다.
오늘이라는 짧은 시간에 당신이라는 존재의
모든 진실과 실체가 자리 잡고 있다.
성장에서 얻는 더없는 행복
행동에서 얻는 영광
아름다움이 빚어내는 장려함.
어제는 꿈에 지나지 않고
내일은 환상에 불과하지만
오늘을 올바르게 산다면
어제가 행복한 꿈이 되고
내일은 희망의 환상이 되기 때문이다.
그러므로 오늘에 집중하라!
이런 마음으로 새벽을 맞이하라.

- 칼리다사

항상 기억하라 *Always Remember*

항상 기억하라, 그대에게 슬픔을
안겨준 것은 잊어야 한다는 것을.
하지만 잊지 말라, 그대에게 즐거움을
안겨준 것은 기억해야 한다는 것을.

항상 기억하라, 정직하지 않다는 게
입증된 친구는 잊어야 한다는 것을.
하지만 잊지 말라, 그대에게 상처받은
사람들은 기억해야 한다는 것을.

항상 기억하라, 이미 사라진
불행은 잊어야 한다는 것을.
하지만 잊지 말라, 하루하루 찾아오는
축복은 기억해야 한다는 것을.

– 엘버트 허버드

행복한 사람 Happy the Man

오늘을 자신의 날이라 말할 수 있는 사람,
오늘을 충실히 산 까닭에 마음속으로 안심하고
어떤 내일이 와도 괜찮다고 말할 수 있는 사람은
행복한 사람, 이런 사람은 혼자여도 행복하다.

날씨가 좋든 나쁘든 비가 오든 햇볕이 내리쬐든
운명에도 불구하고, 내가 지금껏 누린 즐거움은 지금도 내 즐거움.
하늘도 과거에는 어떤 힘도 발휘할 수 없으니
과거에 존재했던 것은 존재했던 것이고, 나에게는 나만의 시간이 있었다.

– 존 드라이든

삶의 기쁨 The Joy of Living

서풍이 말처럼 생긴
아름다운 구름 덩어리를 몰고 가네,
광활한 푸르른 창공을 가로지르며.
헐벗은 나무들이 노래하고
물길을 따라 거품을 내며
졸졸 흐르며 춤을 추고
약동하는 실개천을
제비꽃이 몰래 엿본다.
나는 살아 있는 게 행복하다.
당신은 그렇지 않은가?

– 가말리엘 브래드퍼드

삶의 의미 Life's Meaning

삶은 우리에게 너그럽게 주어졌습니다.
하지만 우리는 삶의 선물을 겉모습으로 판단하며
추하다고, 무겁다고, 딱딱하다고 외면해 버립니다.
껍데기를 벗겨내면
그 안에서 사랑과 지혜와 권세로 엮인
생생하고 아름다운 선물을 찾아낼 수 있을 겁니다.
그 선물을 즐겁게 받아들이십시오.
그 선물을 꽉 붙드십시오.
우리에게 그 선물을 주는 천사의 손을 느끼십시오.
우리가 시련, 슬픔, 의무라 일컫는 모든 것에는
천사의 손이 있고 선물이 있습니다.
모든 것을 보호하는 존재의 경이로움이 있습니다.
작은 즐거움에 만족하지 마십시오.
그 너머에는 더 고귀한 선물이 감춰져 있습니다.

의미와 목적으로 가득한 삶
아름다움으로 그득한 삶에 덧씌워진
껍데기에서는 당신의 천국을 감춘
흙만이 눈에 들어옵니다.
하지만 우리에게는 용기와 지식이 있습니다.
우리는 미지의 땅을 지나
고향을 찾아가는 순례자입니다.

– 조반니 조콘도

고결한 자연 The Noble Nature

나무처럼 크게 자란다고
우리가 더 나은 사람이 되는 것은 아닙니다.
300년을 견딘 거대한 떡갈나무도
결국 말라 헐벗고 시들어 통나무가 됩니다.

하루살이 백합은 5월이면 더욱 아름답지만
가을이면 하룻밤 새 고개를 꺾고 죽습니다.
그래도 백합은 빛의 식물이었고 빛의 꽃이어서
그 작은 몸은 아름다움의 결정체이며
짧은 삶이지만 완벽했습니다.

– 벤 존슨

잃은 것과 얻은 것 Loss and Gain

지금까지 잃은 것과 얻은 것
지금까지 놓친 것과 이루어낸 것을
이제 와서 견주어보니
자랑할 것이 없구나.

얼마나 많은 세월을 하릴없이 보냈는지
좋은 의도가 화살처럼
과녁에 미치지 못하거나 빗나갔는지
이제야 깨닫는다.

하지만 누가 감히
잃은 것과 얻은 것을 이런 식으로 가늠하랴.
패배는 승리의 다른 얼굴일지도 모르잖는가.
썰물이 끝나면 밀물의 차례가 되듯이.

– 헨리 워즈워스 롱펠로

삶이여 Life

삶이여! 나는 그대가 누구인지 모릅니다.
하지만 그대와 내가 헤어져야 한다는 것만은 알고 있습니다.
언제 어떻게 어디에서 우리가 만났는지는
아직 나만의 비밀로 간직하고 있습니다.
하지만 나는 알고 있습니다, 언제 그대가 달아났는지를.
이 머리와 이 사지를 어디에 눕히더라도
나에게 남은 것만큼
무가치한 것은 없을 겁니다.
아, 그대는 어디로 어디로 날아가고 있나요?
그대는 흔적을 남기지 않고 어디에서
굽어졌는지도 보이지 않습니다.
이 이상한 이별에서
그대와 짝을 이룬 나를 어디에서 찾아야 하는지 말해주세요.

물질의 저급하고 귀찮은 구속으로부터 해방되었다고
그대의 진수가 있었던 곳부터
드넓게 타오르는 하늘의 불꽃까지
그대는 멀리멀리 날아가고 있는 건가요?
아니면 눈에 보이지 않게 숨어서
마법에 사로잡힌 기사처럼
혼수상태에서 벗어나 기운을 되찾으려고
멍하니 시간을 보내며 그대가 약속한 시간을
기다리는 것인가요?

하지만 그대에게도 생각이 없지는 않고
감정이 없지는 않겠지요?
아, 그대가 누구인지 말해주세요.
언제 그대가 더는 그대가 아닌지도.

삶이여! 우리는 오랜 시간을 함께했습니다.
즐거운 날에나 궂은 날에나.
소중한 친구들이 헤어지기는 어려운 법이니
아마도 한숨을 짓고 눈물을 흘리겠지요.
그러나 몰래 떠나십시오, 아무런 인기척도 남기지 말고
그대가 좋은 때를 선택하세요.
작별 인사는 하지 마세요. 하지만 더 밝은 나라에서
나에게 아침 인사를 해주세요.

– 애나 래티시아 바볼드

내가 만약 If I Can Stop One Heart From Breaking

내가 만약 한 사람의 가슴앓이를
멈추게 해줄 수 있다면
그것으로도 내 삶은 헛되지 않으리라.

내가 만약 한 사람의 아픔을 덜어줄 수 있다면
혹은 한 사람의 고통을 가라앉혀 줄 수 있다면
혹은 한 마리의 지친 울새가
보금자리에 다시 돌아가도록 도와줄 수 있다면
그것으로도 내 삶은 헛되지 않으리라.

– 에밀리 디킨슨

삶이란 Life

삶 자체는 당신에게 어떤 즐거움도 줄 수 없습니다.
당신이 진정으로 삶에서 즐거움을 원할 때까지
삶은 당신에게 시간과 공간을 줄 뿐입니다.
그 시간과 공간을 채우는 건 당신의 몫입니다.

– 작자 미상

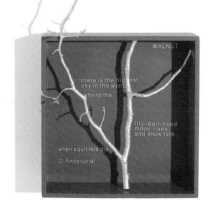

희망, 기쁨

춥디추운 땅에서도
낯설고 낯선 바다에서도

고독 Solitude

웃어라, 그러면 세상이 너와 함께 웃으리라
울어라, 그러면 너만 홀로 울리라
이 서글픈 세상에 웃음소리는 턱없이 부족하지만
걱정거리는 넘치고도 넘치니까.
노래하라, 그러면 언덕이 사방에서 화답하리라
한탄하라, 한탄은 허공에서 사라지리라
메아리는 즐거운 소리에 춤을 추지만
근심의 소리에는 움츠러들리라.

기뻐하라, 그러면 사람들이 너를 찾으리라
슬퍼하라, 그러면 사람들이 등을 돌려 떠나리라
사람들이 원하는 것은 너의 온전한 즐거움이지
너의 슬픔을 원하는 건 아니니까.
즐거워하라, 그러면 친구들이 많으리라
슬퍼하라, 그러면 모든 친구를 잃게 되리라
너의 달콤한 술은 누구도 거절하지 않지만
삶의 쓰디쓴 술은 너 홀로 마셔야 하리라.

잔치하라, 그러면 너의 집은 사람들로 넘쳐나리라
굶주리라, 그러면 세상이 너를 외면하리라
성공하면 베풀라, 그것으로 네 삶에 도움이 되겠지만
누구도 네 죽음에 도움을 줄 수는 없으리라
즐거움이 있는 곳에는 화려한 행렬이

널찍하게 들어설 공간이 있지만
고통의 좁은 통로에서는 한 사람씩
줄지어 지나갈 수밖에 없으리라.

– 엘라 휠러 윌콕스

모든 것이 잘될 거야 Things Work Out

비가 내리지 않기를 바랄 때 비가 내리기 때문에
사람들이 해서는 안 될 행동을 행하기 때문에
수확할 것이 흉작이고 계획이 틀어지기 때문에
온종일 투덜대는 사람이 적지 않다.
그러나 근심과 의심에도 불구하고 어떤 이유로든
결국에는 모든 것이 잘 풀리는 듯하다.

얻기를 바란 것을 잃기 때문에
작은 고통을 겪기 때문에
놀고 싶을 때 일해야 하기 때문에
살아가는 내내 불평하는 사람이 적지 않다.
그러나 밤이 지나면 낮이 오듯이 어떤 이유로든
대부분의 걱정거리는 좋은 방향으로 해결된다.

항상 미소만 짓고 살 수 없다는 이유로
한동안 먼지와 싸우며 걸어야 한다는 이유로
길이 아득히 멀다고 생각된다는 이유로
삶이 완전히 잘못되었다고 불평하는 사람이 적지 않다.
그러나 어떻게든 우리는 살아가고, 하늘은 점점 밝아지듯이
모든 것이 원만하게 해결되는 듯하다.

곤경과 근심거리가 닥쳐도 겁먹고 물러서지 말라.
구름은 결국 흩어지고 하늘은 다시 맑아질 테니까.

어차피 언젠가는 내릴 비라면 어떻게 비를 피할 수 있겠는가.
그러나 끊임없이 일하며 희망을 잃지 말라.
주변에서 많은 사람이 불평하겠지만
어떤 이유로든 모든 것이 원만하게 풀릴 테니까.

– 에드거 앨버트 게스트

희망은 날개가 달린 것 Hope Is the Thing With Feathers

희망은 날개가 달린 것
영혼의 횃대에 앉아
가사 없는 곡조를 노래하며
결코 멈추지 않는다.

거센 바람에도 더없이 감미롭게 들리는 노랫소리.
견디기 힘든 매서운 폭풍만이
많은 이의 가슴을 따뜻하게 감싸준
저 작은 새를 당황하게 할 수 있을 뿐.

나는 춥디추운 땅에서도
낯설고 낯선 바다에서도 그 노랫소리를 들었다.
하지만 극한의 상황에서도
희망은 내게 빵 한 조각을 구걸하지 않았다.

– 에밀리 디킨슨

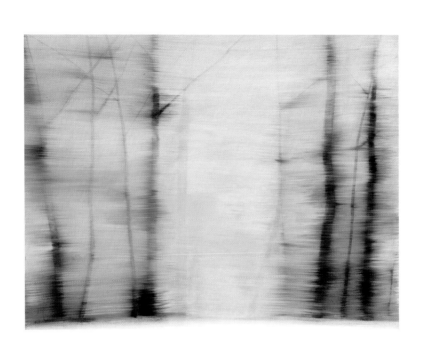

조용히 사라지지 마십시오 Do Not Go Gentle

평온의 밤으로 조용히 사라지지 마십시오.
하루가 저물 때 노년은 뜨겁게 불타며 소리쳐야 합니다.
죽어가는 빛에 분노하고 또 분노하십시오.

현명한 사람들은 종착역에 이르면 어둠이 마땅하다는 걸 알지만
세상을 바꿔놓을 만한 말을 남기지 못한 까닭에
평온의 밤으로 조용히 사라지지 않습니다.

선한 사람들은 마지막 파도가 지나가면, 연약한 행위들도
초록의 포구에서 환히 춤출 수 있었을 것이라 절규하며
죽어가는 빛에 분노하고 또 분노합니다.

거친 사람들은 달아나는 태양을 붙잡고 노래하지만
세월을 덧없이 보낸 걸 뒤늦게야 깨닫고
평온의 밤으로 조용히 사라지지 않습니다.

근엄한 사람들은 죽음을 앞에 두고 시력을 잃어가지만
시력을 잃은 눈도 운석처럼 이글거리고 번쩍거릴 수 있으니
죽어가는 빛에 분노하고 또 분노하십시오.

그리고 당신, 내 아버지, 극한의 슬픔을 맞은 지금
당신의 뜨거운 눈물로 나를 저주하고 축복하십시오.
평온의 밤으로 조용히 사라지지 마시고
죽어가는 빛에 분노하고 또 분노하십시오.

– 딜런 토머스

성 어거스틴의 사다리 The Ladder of Saint Augustine

성 어거스틴이여! 당신은 이렇게 말씀하셨습니다
우리가 부끄러운 행위를
하나씩 돌이켜본다면
우리 악행으로 사다리를 짤 수 있을 거라고

시간과 더불어 시작되고 끝나는
매일 반복되는 평범한 일들,
우리에게 즐거움을 주는 것과 불만스런 것도
우리가 결국 올라가야 할 발판이라고

타인의 미덕조차 무가치하게 전락시키는
저열한 욕망과 비열한 음모,
흥청거리는 붉은 포도주,
모든 형태의 방종

천박한 것을 향한 갈망,
진실보다 승리가 목적인 갈등,
젊음의 꿈을 불경으로
뒤바꿔버리는 강퍅한 마음

온갖 악의적인 생각, 악의적인 생각에
뿌리를 둔 온갖 악행,
고귀한 의지에 기초한 행위를

방해하고 저지하는 온갖 것들

이 모든 것은 우리가 발로
가장 먼저 짓밟아야 할 것입니다
밝고 정의로운 들판을
소유할 권리를 다시 얻으려면

우리에게는 날개가 없어 단번에 높이 올라갈 수 없습니다
하지만 우리에게는 조금씩, 조금씩
올라갈 수 있는 발이 있습니다
구름에 감싸인 우리 시대의 정상까지

쐐기처럼 사막의 하늘을 쪼개버리는
돌로 지은 웅대한 피라미드라도
가까이 다가가서 더 많이 알게 되면
여러 줄로 이어진 거대한 계단에 불과합니다

하늘에 닿을 정도로 옹골찬 몸뚱이를
일으켜 세운 저 멀리 보이는 산이지만
우리가 조금씩 높이 올라가면
산을 가로지른 오솔길이 드러납니다

위대한 이들이 쟁취한 저 정상들이

순식간에 성취된 것은 아닙니다
그들의 동료들이 잠들어 있을 때
그들은 밤을 새며 정상을 향해 조금씩 올랐습니다

어깨를 축 늘어뜨리고 눈을 내리뜬 채
오랫동안 견뎌온 까닭에
이제 우리는 전에는 보지 못했던
드높은 운명을 향한 길을 알아볼 수 있습니다

과거를 되돌릴 수는 없지만
순전히 낭비한 시간이고 온전히 헛된 것이라 생각하지 않을 겁니다
과거의 잔해에서 우뚝 서서 마침내
우리가 더 고귀한 것에 이르게 된다면

– 헨리 워즈워스 롱펠로

대담한 사람 The Daring One

내 영혼이 저 광활한 하늘을 겁내지 않고
달려드는 새와 같다면 얼마나 좋을까요.
보십시오, 나뭇가지에 앉은 파랑새가
지금 이 순간 황홀감에 젖어 노래하는 걸!

파랑새는 온 세상을 삼켜버릴 듯이 흔들리는 느릅나무의
가장 높은 가지에 앉아 노래합니다.
영원한 바람결을 타고 넘나드는
허공에는 관심조차 없습니다.

파랑새는 거센 바람을 기꺼이 받아들입니다.
실패는 없다는 걸 알기에,
나뭇가지가 부러지더라도 날갯짓으로
노래하며 하늘로 올라갈 수 있다는 걸 알기에!

– 에드윈 마컴

모든 것을 껴안으라 Embracing All

내 내면의 깊은 곳에 감추어진 빛이여
위엄 있게 밖으로 나와
그대의 눈빛을 나에게 보여주오
그대의 길을 나에게 가르쳐주오
내가 더 나은 사람이 되도록.

내 내면의 깊은 곳에 감추어진 어둠이여
은밀하게 밖으로 나와
그대의 눈빛을 나에게 보여주오
그대의 길을 나에게 가르쳐주오
내가 더 나은 사람이 되도록.

내 내면의 깊은 곳에 감추어진 사랑이여
하나가 되는 마음으로 밖으로 나와
그대의 눈빛을 나에게 보여주오
그대의 길을 나에게 가르쳐주오
내가 더 나은 사람이 되도록.

– 작자 미상

오늘에 충실하라 Look Well To This Day

오늘에 충실하라
오늘, 오늘만이 진정한 삶이기 때문이다.
이 짧은 시간에
우리 존재의 모든 진수가 담겨 있기 때문이다.

성장의 영광
성취의 만족
장려한 아름다움.

어제는 한낱 꿈에 불과하고
내일은 한낱 환상에 불과하지만
오늘을 충실하게 산다면
모든 어제가 행복한 꿈이 되고
모든 내일이 희망찬 환상이 되리라.

– 작자 미상

헛된 걱정 View From the Hill

걱정은 멀리 보이는 언덕과 같다
지평선 끝에 자리 잡은
저 언덕을 어떻게 오를까
막막하고 아득하지만

언덕 정상에 올라서야 깨닫는다
우리가 걸어온 길이
마음속에 그렸던 것만큼
가파르지도 험난하지도 않다는 것을!

– 작자 미상

강한 의지 A Strong Will

그대에게 강한 의지가 있다면
어떤 폭풍이라도 이겨낼 겁니다
인내하기만 하면 됩니다
끈질기게 버티기만 하면 됩니다
집중하고 목표를 향해 꿋꿋이 나아가십시오
정직하게 그대의 역할을 해내십시오
흔들리지 말고!

– 엘버트 허버드

오늘 시작하겠습니다 Starting Today

오늘 시작하겠습니다.
오늘부터 충만한 삶을 살겠습니다.
오늘부터 어제를 아쉬워하지 않겠습니다.
오늘부터 과거에 경험한 나쁜 일을 모두 잊겠습니다.

오늘부터 나 자신을 사랑하겠습니다.
온갖 걱정을 잊겠습니다.
온갖 고통을 잊겠습니다.
온갖 상처를 잊겠습니다.

오늘 시작하겠습니다.
오늘부터 나는 할 수 없다는 남들의 말을 믿지 않겠습니다.
오늘부터 누구도 나를 방해하는 걸 허락하지 않겠습니다.
오늘부터 나 혼자의 힘으로 해내겠습니다.
오늘부터 내가 나 자신의 최고 인도자가 되겠습니다.
오늘부터 내가 나 자신의 최고 지도자가 되겠습니다.

오늘 시작하겠습니다.
오늘부터 내가 바꿀 수 없는 것에 시간을 낭비하지 않겠습니다.
오늘부터 과거에 있었던 일을 바꾸려고 시간을 낭비하지 않겠습니다.
오늘부터 내가 아닌 사람이 되려고 시간을 낭비하지 않겠습니다.
오늘부터 내 처지를 감추려고 시간을 낭비하지 않겠습니다.
오늘부터 나에 대해 평가하는 남들의 말에 일희일비하며 시간을 낭비하지 않겠습니다.

오늘 시작하겠습니다.

오늘부터 다시는 살지 않을 것처럼 살겠습니다.

오늘부터 다시는 미소 짓지 않을 것처럼 미소 짓겠습니다.

오늘부터 어떤 후회도 남지 않도록 모든 일에 최선을 다하겠습니다.

오늘부터 내 삶을 더 나은 쪽으로 바꾸겠습니다.

– 작자 미상

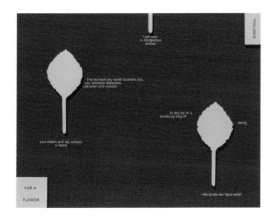

기다림 Waiting

조용히, 나는 두 손을 포개고 기다리리라
바람도 조류도 바다도 바라지 않고.
더는 시간이나 운명을 한탄하지 않으리라
결국에는 내 것이 나를 찾아올 테니까.

성급한 마음을 억누르고 느긋하게 기다리리라
이처럼 서둘러야 할 이유가 어디에 있는가.
영원으로 향한 길 위에 서 있으리라
결국에는 내 것이 내 얼굴을 알아볼 테니까.

잠들어 있든 깨어 있든, 밤이든 낮이든
내가 찾는 친구들이 나를 찾으리라.
어떤 바람도 내 범선을 잘못된 방향으로 끌고 가지 못하리라
운명의 흐름을 바꾸어놓지 못하리라.

혼자 서 있으면 어떤가
기쁜 마음으로 다가오는 시간을 기다리리라.
내 마음은 뿌린 대로 거둘 것이고
눈물의 열매를 수확하리라.

강은 자신의 운명을 알기에 저 멀리
높은 곳에서 시작되는 실개천을 받아들이지 않는가.
따라서 선함은 강물과 똑같은 법칙에 따라

순수한 기쁨의 영혼까지 흘러가리라.

별들은 밤이면 하늘에 떠오르고
파도는 바다에서 철썩이듯이
시간도 공간도, 깊은 것도 높은 것도
내 것을 빼앗아가지 못하리라.

– 존 버로스

방랑자의 노래 A Vagabond Song

가을이면 내 피로 잉태되는 게 있습니다.
습성의 흔적일까요, 기분의 징조일까요.
그리고 내 마음은 시인이 되고
노란색, 보라색, 진홍색이 장단을 맞춥니다.
다홍색으로 물든 단풍잎들도
지나가는 나팔 소리처럼 내 마음을 흔들기 시작합니다.
그리고 내 외로운 영혼은 언덕 위에 피어오르는 연기처럼
서리로 뒤덮인 과꽃을 보고 황홀감에 젖습니다.
10월에는 집시의 피를 끓게 하는 뭔가가 있습니다.
붉게 물든 언덕에서
집시의 피가 방랑자들의 이름을 하나씩 부르면
우리는 벌떡 일어나 멀리 방랑을 떠납니다.

– 윌리엄 블리스 카먼

하늘의 무지개를 바라보면 My Heart Leaps Up When I Behold

하늘을 가로지른 무지개를 바라보면
내 가슴이 두근거린다.
내가 삶을 시작했던 때도 그랬고
어른이 된 지금도 그러하다.
나이가 들어 늙어서도 그러하리라.
그렇지 않으면 죽은들 어떠하리!
어린이는 어른의 아버지,
내 삶이 자연을 향한 경외감으로
하루하루 이어지기를!

- 윌리엄 워즈워스

시간을 내서 기도하라 Take Time

생각하는 시간을 가져라
생각은 힘의 원천이니.
책을 읽는 시간을 가져라
독서는 지혜의 주춧돌이니.

놀이하는 시간을 가져라
놀이는 젊음을 유지하는 비결이니.
정적을 즐기는 시간을 가져라
정적은 신을 찾는 순간이니.

자각하는 시간을 가져라
자각은 타인을 돕는 기회이니.
사랑하고 사랑받는 시간을 가져라
사랑은 신이 우리에게 준 최고의 선물이니.

마음껏 웃는 시간을 가져라
웃음은 영혼의 음악이니.
친선의 시간을 가져라
우정은 행복으로 향하는 길이니.

꿈꾸는 시간을 가져라
꿈은 미래를 만들어가는 재료이니.
기도하는 시간을 가져라
기도는 지상에서 가장 큰 힘이니.

– 작자 미상

나의 신조 My Creed

나는 진실하리라, 나를 믿는 사람들이 있으니까.
나는 순수하리라, 나에게 관심을 갖는 사람들이 있으니까.
나는 강하리라, 참고 견뎌야 할 것이 많으니까.
나는 담대하리라, 과감히 도전해야 할 것이 많으니까.

나는 모두의 적, 친구가 없는 사람들의 친구가 되리라
나는 무엇이든 베풀고, 무엇을 베풀었는지 잊으리라
나는 겸손하리라, 내 약점이 무엇인지 아니까.
나는 하늘을 쳐다보며 웃고, 가슴을 열고 사랑하리라.

– 하워드 아널드 월터

깨진 꿈 Broken Dreams

어린아이가 망가진 장난감을 우리에게 가져와서는
울며 고쳐달라고 말하는 것처럼
나는 깨진 꿈을 안고 하느님을 찾아갔습니다.
그분은 내 친구였으니까요.

하지만 하느님이 혼자 일하게
편히 두지 않고
나는 하느님을 찾아다니며 도와달라고 졸랐습니다
내 방식대로.

마침내 나는 하느님을 붙잡고 울부짖었습니다.
"왜 이렇게 늦으셨습니까?"
하느님은 말씀하셨습니다.
"아이야, 내가 무얼 할 수 있었겠느냐?
네가 아무것도 내려놓지 않았는데."

– 작자 미상

나로 말미암아 Through Me

나로 말미암아
친절한 말과 따뜻한 미소와 배려하는 마음이 있게 하소서.

나로 말미암아
남의 말을 경청하고 남의 마음을 이해하려는 의지가 있게 하소서.

나로 말미암아
변함없는 착실함과 신뢰, 믿음과 충성이 있게 하소서.

나로 말미암아
연민과 용서, 자비와 사랑이 있게 하소서.

나로 말미암아
내가 찾는 모든 것이 주님 안에 있게 하소서.

– 작자 미상

성공의 조건 What Constitutes Success

성공한 사람이란
도덕적으로 살았고 자주 웃고 많이 사랑한 사람,
총명한 사람들에게 존경받고 어린아이들에게 사랑받은 사람,
자기 자리를 채우며 자기 역할을 다 해낸 사람,
양귀비를 개량했든 한 편의 완벽한 시를 썼든 한 명의 영혼을 구원했든
이 땅에 태어났을 때보다 세상을 조금이나마 더 좋은 곳으로 만든 사람,
세상의 아름다움을 알아보는 데 부족함이 없었고 기꺼이 표현해 낸 사람,
항상 다른 사람의 장점을 기대하며 자신이 가진 최고의 것을 내어준 사람,
삶이 곧 영감이었고
추억거리가 곧 축복이었던 사람.

– 베시 앤더슨 스탠리

운명이란 Your Destiny

생각에 조심하십시오.
생각이 말이 되기 때문입니다.

말에 조심하십시오.
말이 행동이 되기 때문입니다.

행동에 조심하십시오.
행동이 습관이 되기 때문입니다.

습관에 조심하십시오.
습관이 성격이 되기 때문입니다.

성격에 조심하십시오.
성격이 운명이 되기 때문입니다.

− 프랭크 잭슨

그 깊은 떨림 속으로

왜 시를 읽어야 할까요? 생뚱맞은 질문이지만, 근원적인 질문인지도 모르겠습니다. 언젠가 이 질문에 대한 대답을 어떤 책에서 보았습니다. 시는 사람의 마음을 순결하게 닦아주고, 사람답게 사는 것을 도와주기 때문에 읽어야 한다더군요. 멋지게 들렸습니다. 또 이렇게 시를 읽어야 하는 이유를 설명하신 분은 시가 밥보다 백배는 중요하다고도 말했습니다. 이쯤 되면 시는 우리 삶의 일부가 되어야 합니다. 적어도 이 해석에 따르면, 시가 없는 삶은 사람다운 삶이 아닐 수 있습니다. 하지만 현실적으로 우리 주변에서 이렇게 시를 읽는 사람이 얼마나 될까요? 그리스도인이 매주 일요일 교회에 가서 일주일 동안 지은 죄를 참회하듯이, 일주일에 한 편의 시를 읽으며 세속의 삶에 찌든 마음을 닦는 사람이 얼마나 될까요?

이렇게 대다수에게 죄의식을 안겨주는 해석을 나는 별로 좋아하지 않습니다. 게다가 위의 대답에는 약간의 문제가 있습니다. 사람의 마음을 순결하게 닦아주지 못하고, 사람답게 사는 것을 도와주지 못하는 글은 시가 아닐까요? 말장난을 하는 게 아닙니다. 부분이 전체를 대신할 수는 없는 법입니다. 부분을 기준으로 전체를 평가해서도 안 됩니다. 게다가 전체를 구성하는 부분들 사이에서 중요성의 차이는 없습니다. 적어도 인문학적으로는 그렇고, 그래야만 합니다. 사람의 마음을 순결하게 닦아주고, 사람답게 사는 것을 도와주는 것은 시의 무수한 역할 중 하나에 불과합니다.

여기에서 시의 그런 무수한 역할에 대해 말하려는 것은 아닙니다. 시가 무엇인지 다시 말해보려는 겁니다. 쉽게 말하면, 시를 다시 정의해 보려는 겁니다. 물론 국어사전에서 시는 "자연이나 인생에 대하여 일어나는 감흥과 사상 따위를 함축적이고 운율적인 언어로 표현한 글"이라고 형태론적으로 잘 정의되어 있습니다. 한자어 시詩는 '어떤 행위를 말로 풀어놓다'라는 정도의 뜻입니다. 영어 poem은 더 흥미롭습니다. 그리스어의 '만들어진 것, 창작된 것'이란 뜻에서 파생된 단어가 poem입니다. 결국 동서양 모두에서 '시'는 '함축적이고 운율적인' 방법으로 '인간이 언어로 만들어낸 것fiction'입니다.

이런 식으로 만들어진 것은 우리 주변에 많습니다. 예컨대 라디오에서 하루 종일 흘러나오는 노랫말은 시가 아닐까요? 국어사전의 정의에 완벽하게 들어맞는데, 이른바 연예인이 작사한 것이어서 시가 아니라고 규정해야 할까요? 시는 오로지 시인의 몫이라고 고집할 이유가 있을까요? 이렇게 생각하면 우리가 시를 읽지 않는다고 죄의식을 가질 필요가 없습니다. 시는 예나 지금이나 우리 곁에 있습니다. 노래를 들을 때 가락에 매몰되지 않고 노랫말까지 음미한다면 낭송되는 시를 듣는 것이 됩니다.

시를 이렇게 정의하면, 밥과 시의 중요성도 달라집니다. 개인적으로 나는 인간이 역사적으로 경험한 지혜가 언어에 함축되어 있다고 생각합니다. 우리말에서 '시'는 '짓는 것'입니다. 그런데 '짓다'라는 동사가 어떤 명사와 연결되는지 생각해 보십시오. 농사를 짓고, 밥을 짓고, 옷을 짓고, 집을 짓습니다. 우리말에서는 의식주에 관련된 모든 것이 '짓다'와 연결됩니다. 우리는 데카르트처럼 정신이 물질을 앞선다고 생각하지 않았습니다. 결국 우리에게 시는 '밥'과 같은 것입니다. 우리 삶에서 떼어놓고 생각할 수 없는 것입니다. 이런 이유에서 시는 우리에게 필요하고, 우리는 시를 읽어야 합니다.

그렇습니다. 우리는 항상 시를 듣거나 읽고 있습니다. 그런데 '세계 명시 100'이란 이름으로 100편의 시를 선별한 이유는 무엇이고, 어떤 기준에서 선별한 것일까요? 똑같은 시라도 어떤 환경에서 어떻게 읽느냐에 따라 감흥과 느낌이 다르겠지만, 세계적인 명시를 찾아보면 대부분 슬픔과 관계가 있습니다. 하기야 오스카 와일드도 슬픔에 필적할 만한 진리가 없다고 말하기는 했습니다. 힘겨운 현실에서 슬픔을 노래한 시를 읽고 공감하며 작은 위안을 얻을 수도 있겠지요. 그러나 시가 인간의 삶에서 떼어놓을 수 없는 것이라면 슬픔만을 노래하지는 않았을 것입니다. 이별하는 사랑이 아니라 함께하는 행복한 사랑, 희망으로 가득한 가정, 도전의식을 고취하는 꿈 등 우리 가슴을 두근대게 하는 시도 있습니다. 이런 시들을 소개하고 싶었습니다. 용기를 얻고 기분까지 좋아지는 시를 소개하고 싶었습니다. 상실의 시대에 가족과 친구의 소중함을 다시 일깨워주는 시를 소개하고 싶었습니다.

앞에서 시는 '만들어지고 창작된 것'이라 했습니다. 인간은 어떤 이유에서 뭔가를 만들어낼까요? 혼자 즐기기 위해서 만들어낼까요, 남들과 공유하기 위해서 만들어낼까요? 자기만을 위해서 뭔가를 만들어내는 사람은 없을 겁니다. 결국 시를 비롯한 문학은 다른 사람들과 공유하기 위해서 창작되는 겁니다. 그렇다면 시는 남들과 '무엇'을 공유하기 위한 매개일까요? 세계의 명시로 손꼽히는 시들을 읽으면 가슴이 절절하며 덩달아 슬퍼집니다. 하지만 여기에서 선택한 시들은 기쁨과 희망을 주제로 삼았

습니다. 이렇게 주제를 선택한 근거는 앞에서 말했지만, interesting이라는 단어에서
도 찾아집니다. 누구나 알듯이 이 단어는 '흥미롭다'는 뜻입니다. 이 단어를 분석하면
inter-est-ing가 됩니다. inter-는 between이란 뜻이고, est는 라틴어 esse^{존재}에서 파생된
것입니다. '존재'가 인간이라면 인간은 서로^{inter} 어울려야 재밌고 이익^{interest}이 되는
삶을 살 수 있다는 뜻일 겁니다. 이런 이유에서 여기에 실린 시들을 가족과 함께 읽는
다면 더욱 보람 있을 것이라 확신합니다.

충주에서
강주헌

작가 소개

가말리엘 브래드퍼드 Gamaliel Bradford(1768~1824) p.145
미국 매사추세츠 덕스버리에서 태어났고, 시인보다는 캡틴으로 기억된다. 13세의 나이에 입대하여 미국 독립전쟁에 참전했고, 미국이 독립을 쟁취한 후 프랑스와 갈등을 벌일 때 민간 무장 선박을 이끌고 프랑스 해군에 저항했으며, 1784년까지 군에서 복무했다.

노르베르트 베버 Norbert Weber(1870~1956) p.123
독일 성베네딕토회 소속 오틸리엔 수도원의 초대 수도원장으로, 선교사들을 파견하여 서울에 수도원을 세우고 교육 사업을 이끌게 하였다. 1911년과 1925년에 조선을 여행하며 사진, 그림, 메모 등을 모아 1915년 《조선》, 《금강산》 등의 저서를 간행했다.

더글러스 맬럭 Douglas Malloch(1877~1938) p.106
미국의 시인이자 단편 작가로, 《아메리칸 럼버맨American Lumberman》 지의 부주필로도 활동해서 '벌목Lumber 시인'으로 잘 알려져 있다. 그는 실제로 숲에서 자랐고, 20세기 대표적 벌목 산업의 종사자이기도 하다. 수록된 시 〈무엇이 되든 최고가 되어라〉가 대표작이다.

데일 웜브로 Dale Wimbrow(1895~1954) p.138
미국의 작곡가·라디오아티스트·작가로, 피터 데일이라는 이름으로도 알려져 있다. 1934년에 《아메리칸 매거진The American Magazine》에 〈거울에 비친 사람The Man In the Glass〉을 발표하자마자 대중적으로 큰 인기를 얻었다. 주로 작곡가로 활동했다.

딜런 토머스 Dylan Marlais Thomas(1914~1953) p.165
1930년대를 대표하는 영국의 시인이다. 시집 《18편의 시18 Poems》로 젊은 천재 시인으로 인정받아 폭발적인 인기를 얻으며 일종의 전설적 인물이 되었다. 빈궁에 시달리면서도 온갖 위선에 대항하고, 전쟁을 증오하였으며, 생명이 넘치는 시 쓰기를 갈망한 시인이라고 평가받는다.

랠프 월도 에머슨 Ralph Waldo Emerson(1803~1882) p.55
미국의 시인·강연가·사상가·수필가로, 뉴잉글랜드의 초절주의를 주도한 인물이다. 목사직을 사임한 이후 편협한 종교적 독단이나 형식주의를 배척하고, 자신을 신뢰하며 인간성을 존중하는 개인주의적 사상을 주장하였다. 주요 저서로 《자연론Nature》을 꼽을 수 있다.

로버트 W. 서비스 Robert William Service(1874~1958) p.49, 101, 103, 129
캐나다의 운문 작가로, 캐나다상업은행 직원·종군 기자로 일했고, 제1차 세계대전 때는 구급차 운전수 겸 특파원으로도 일했다. 캐나다 북부 지방의 생활을 묘사한 〈치차코의 발라드Ballads of a Cheechako〉(1909)로 큰 인기를 얻었으며 두 권의 자서전도 남겼다.

로버트 번스 Robert Burns(1759~1796) p.20
스코틀랜드의 국민 시인으로, 자연과 여성을 노래한 서정시가 높게 평가받는다. 대표작으로는 〈둔 강둑The Banks of Doon〉(1791), 〈붉디붉은 장미A Red, Red Rose〉(1796) 등이 있다. 프랑스 혁명에 공감하며 민족의 자유 독립을 노래하기도 했다.

로버트 헤릭 Robert Herrick(1591~1674) p.136
영국의 목사 겸 시인으로 고전 서정시의 정신을 되살렸다는 평가를 받는다. 생의 의욕, 사랑의 무상함, 아름다움의 덧없음에 이르기까지 광범위한 대상과 감정을 노래한 그의 시에 영국의 헨리 로스를 비롯한 많은 17세기 작곡가들이 매료되어 곡을 붙였다.

맥스 어만 Max Ehrmann(1872~1945) p.24
독일계 미국 시인이다. 대공황이 10년 동안 계속되어 국민들이 경기 불황 속에서 절망할 때, 이 책에 실린 산문 시 〈Desiderata('간절히 바라는 것들'이라는 의미의 라틴어)〉를 발표해 미국 전역을 뒤흔들고, 국민들에게 새로운 희망과 용기를 불어넣었다.

베시 앤더슨 스탠리 Bessie Anderson Stanley(1879~1952) p.189
〈성공의 조건What Constitutes Success〉은 1904년 브라운 북 매거진 콘테스트에 제출하기 위해 지어졌다. 심사위원들은 시보다는 에세이 형식을 원했고, 참가자들은 "성공이란 무엇인가?"에 대해 100단어 이하로 서술해야 했다. 스탠리는 이 시로 1등상과 상금 250달러를 받았다.

벤 존슨 Ben Jonson(1572~1637) p.148
윌리엄 셰익스피어와 동시대인 17세기에 활약한 극작가·시인·비평가로, 1616년 영국 계관시인Poet Laureate이 되었다. 사실상 영국의 첫 번째 계관시인이고, 당시 인기가 많았다. 영국 정통 희극의 전통을 이끌었으며, 비평가로서도 해박한 학식이 있었다.

새뮤얼 테일러 콜리지 Samuel Taylor Coleridge(1772~1834) p.40, 128
영국의 시인·평론가·철학자로, 윌리엄 워즈워스와 함께 쓴 《서정민요집Lyrical Ballads》은 영국 낭만주의 운동의 시발이 되었다. 특히 그의 《문학 평전Biographia Literaria》은 영국 낭만주의 시대에 나온 일반 문학 비평 중 가장 중요한 작품으로 평가받는다.

성 프란치스코 살레시오 Saint François de Sales(1567~1622) p. 121

제노바의 주교이자 로마 가톨릭교회의 성인으로, 영성 지도와 형성을 주제로 한 책들을 저술했다. 탁월한 강론 능력을 가졌으며 엄격한 생활을 고수하는 성직자이면서 가난한 사람들의 친구로 명성을 얻었다. 대표작으로 《신심 생활 입문Introduction à la Vie Dévote》이 있다.

세라 티즈데일 Sara Teasdale(1884~1933) p. 23, 35

20세기 초 활동한 미국의 여류 시인으로, 섬세하고 감미로운 서정시로 잘 알려졌다. 1918년에는 퓰리처상을 비롯해 세 개의 문학상을 거머쥐었다. 대표 시집으로 《듀스에게 보내는 소네트 외Sonnets to Duse and Ohter Poems》(1907), 《사랑의 노래》(1917), 《별난 승리》 등이 있다.

아서 휴 클러프 Arthur Hugh Clough(1819~1861) p. 112

19세기 중엽 영국의 시인으로, 혼란과 종교적 회의를 반영한 시를 썼다. 비판적이고 회의적인 태도로 당대의 시대정신은 물론 자신의 능력에 대해서도 회의를 느꼈으나, 사후에 출간된 《시집Poems》(1942)이 매우 인기를 끌어 재평가되었다.

애나 래티시아 바볼드 Anna Laetitia Barbauld(1743~1825) p. 151

영국의 시인·정치 평론가·편집인·아동 작가로 활동했다. 여성 작가가 흔하지 않던 때에 여성이 정치에 관여할 수 있다는 것을 에세이를 통해 보여주었다. 문학적으로는 합리적·계몽주의적 성격을 띤 시들을 많이 남겼는데, 이 시들이 후에 영국 낭만주의의 토대가 되었다.

앨프리드 오스틴 Alfred Austin(1835~1913) p. 42

영국의 시인·평론가·저널리스트로 후에 계관시인이 되었다. 영국과 이탈리아의 전원을 찬양하는 소박한 시를 즐겨 썼으며, 스스로 대중의 정서를 대변한다고 자부했다. 공직 생활을 시작하기 전에는 법률을 공부하여 변호사 자격을 얻었으며, 언론계에 몸담기도 했다.

앨프리드 테니슨 Alfred Tennyson(1809~1892) p. 122

젊은 시절에는 방황도 했으나, 1850년에 빅토리아 여왕과 우정을 나누고 계관시인으로 추천받았으며, 1884년에는 귀족 작위를 받았다. 작품의 현실적이며 희극적인 면들은 현대에 와서 더욱 각광받고 있다. 대표작으로 〈인 메모리엄In Memoriam〉이 있다.

에드거 앨버트 게스트 Edgar Albert Guest(1881~1959) p. 51, 77, 82, 96, 99, 120, 161

영국 태생의 미국 작가로, 1895년 《디트로이트 프리 프레스Detroit Free Press》지의 경찰서 출입 기자로 일하다가, 시를 기고하면서 큰 인기를 얻었다. 가정, 어머니, 고된 노동의 미덕 같은 주제에 대한 낙관적인 시들을 많이 썼으며, 라디오와 텔레비전에도 출연했다.

에드워드 에스틀린 커밍스 Edward Estlin Cummings(1894~1962) p. 29, 130

자간, 들여쓰기, 구두점을 남다르게 구사하며 대문자를 거의 사용하지 않는 등, 매력적이고 새로운 시를 창작한 시인 겸 화가다. 시가 언어 예술일 뿐 아니라 시각 예술임을 인지한 첫 번째 미국 시인이다. 시들은 냉소적이고 거친 분위기와 부드럽고 즉흥적인 분위기가 공존한다.

에드윈 마컴 Edwin Markham(1852~1940) p. 110, 140, 170

본명은 Charles Edward Anson Markham으로, 미국의 시인이며 교사였다. 그는 장 프랑수아 밀레의 그림에서 영감을 받아 〈괭이를 든 사람Man with the Hoe〉을 발표하여 명성을 얻은 이후, 창작과 강연에 몰두하며 사회와 산업 문제에 관심을 가졌다.

에밀리 디킨슨 Emily Dickinson(1830~1886) p. 153, 163

미국의 여류 시인으로 거의 2,000편에 달하는 시를 남겼다. 사랑, 죽음, 이별, 영혼, 천국 등을 소재로 한 시가 대부분이다. 미국에서 가장 천재적인 시인들 중 한 명으로 자주 꼽히며, 19세기와 20세기의 문학적 감수성을 연결하는 역할을 한다고 평가받는다.

에밀리 브론테 Emily Jane Brontë(1818~1848) p. 59

영국의 시인이자 소설가로, 소설《폭풍의 언덕》이 그녀의 대표작이다. 언니는《제인 에어》의 작가 샬럿 브론테로, 언니, 여동생과 함께 필명으로 시집을 내기도 했지만 인기를 끌지는 못했다. 에밀리 브론테의 작품들은 20세기에 서머싯 몸 등에 의해 다시 평가받았다.

엘라 휠러 윌콕스 Ella Wheeler Wilcox(1850~1919) p. 72, 108, 114, 127, 159

미국의 여류 작가 겸 시인으로, 대표작으로 1883년 발간된 시집《열정Passion》이 있다. 우리나라에서는 특히 "웃어라, 온 세상이 너와 함께 웃을 것이다. 울어라, 너 혼자 울 것이다Laugh, and the world laughs with you; Weep, and you weep alone."라는 구절이 영화에 나오며 잘 알려졌다.

엘리자베스 배럿 브라우닝 Elizabeth Barrett Browning(1806~1861) p. 18, 19

영국의 가장 뛰어난 여류 시인 가운데 한 사람이다. 이 책에 수록된 두 편의 시는 시인인 남편 로버트 브라우닝Robert Browning에 대한 사랑을 그린 소네트sonnet(14행의 짧은 시)로, 엘리자베스의 시인으로서의 명성을 더 확고히 높여준 작품들이다.

엘버트 허버드 Elbert Green Hubbard(1856~1915) p. 142, 175

미국의 사상가·작가·교육자·강연가이자 로이크로프트Roycroft 라는 예술가 공동체 설립자다. 급진주의와 보수주의가 뒤섞인 글에 일과 능률을 힘 있는 경구로 신성화했다는 평가를 받는다. 도덕주의적인 논설《가르시아 장군에게 보내는 편지A Message To Garcia》가 대표작이다.

월터 D. 윈틀 Walter D. Wintle

19세기 말에서 20세기 초의 미국 시인이라는 사실을 제외하고 삶에 대해 알려진 것이 극히 없는 시인으로, 이 이름 조차 필명일 가능성이 높다. 그는 이 책에 실린 시 〈생각하라Thinking〉의 원작자로만 알려져 있고 이 시 역시 〈The Man Who Thinks He Can〉 등 다른 제목으로 여러 번 발표되었다.

윌리엄 버틀러 예이츠 William Butler Yeats(1865~1939)

아일랜드 시인이자 극작가로, 아일랜드 사람으로는 처음으로 노벨상(문학, 1923년)을 수상했다. 노벨 위원회는 "고도의 예술적인 양식으로 온 나라의 영혼을 표현한, 영감을 받은 시"라는 평가를 남겼다. 20세기 영어권 문학을 대표하는 인물이다.

윌리엄 블레이크 William Blake(1757~1827)

영국의 시인·화가·판화가·신비주의자로, 가장 위대한 낭만주의 시인 가운데 한 사람으로 꼽힌다. 〈순수의 노래 Songs of Innocence〉(1789), 〈경험의 노래Songs of Experience〉(1794)를 필두로 삽화를 그려넣은 일련의 서정시와 서 사시를 남겼다.

윌리엄 블리스 카먼 William Bliss Carman(1861~1929)

캐나다와 미국의 뉴잉글랜드 지역에서 활동한 캐나다의 시인이다. 20년 동안 여러 잡지사에서 편집자로 일하며 생계 를 꾸렸는데, 애절한 연애 시와 자연을 예찬한 랩소디로 이름을 알렸다. 20여 권의 시집 외에도 자연, 예술, 인간성 에 대한 몇 편의 산문 작품을 남겼다.

윌리엄 셰익스피어 William Shakespeare(1564~1616)

영국이 낳은 국민 시인이며 현재까지 가장 뛰어난 극작가로 손꼽힌다. 16세기 말에서 17세기 초에 쓰인 그의 희곡은 레퍼토리 극단에서 공연되었으며 오늘날에도 세계 여러 나라에서 가장 많이 공연되는 작품이다. 뛰어난 시적 상상 력, 인간성의 안팎을 넓고 깊게 꿰뚫어보는 통찰력, 놀랄 만큼 풍부한 언어를 구사한다는 평을 받는다.

윌리엄 어니스트 헨리 William Ernest Henley(1849~1903)

영국의 시인·비평가·편집인으로, 잡지를 통해 1890년대 영국 대문호들의 초기 작품을 소개했다. 병원 생활에 대한 인상적인 자유시를 써서 시인으로서의 명성을 얻었다. 가장 인기 있는 〈굴복하지 않으리라Invictus〉(1875)도 이 시기 에 지었다.

윌리엄 워즈워스 William Wordsworth(1770~1850)

바이런, 셸리와 더불어 영국 낭만주의를 대표하는 시인으로, 일상적인 언어로 자연과의 교감을 노래했다. 당시 유행 했던 기교가 많은 시풍을 배척하며 낭만주의 시가 귀족의 품에서 서민의 품으로 내려오게 만들었다. 계관시인이었으 며, 그의 범신론적 자연관은 유럽 문화 전반에 영향을 주었다.

헨리 반 다이크 Henry Jackson van Dyke(1852~1933)　　　　　　　　　　p. 32, 53, 84

미국의 목사·시인·교육철학자·저술가·행정가로 다양하게 활동하였다. 프린스턴대학교 영문학 교수였고, 특히 〈무명 교사 예찬사Tribute To the Unknown Teacher〉라는 시로 우리나라에 널리 알려졌다. 이 책에 실린 〈시간이란Time is〉 역시 대표작으로 꼽힌다.

헨리 워즈워스 롱펠로 Henry Wadsworth Longfellow(1807~1882)　　　　p. 52, 132, 149, 166

미국의 시인으로 〈인생 예찬〉, 〈에반젤린〉 등의 시로 유명하며, 미국에서 처음으로 단테의 《신곡》을 번역했다. 하버드 대학에서 교수로 일했고, 《주홍 글씨》의 너대니얼 호손과 평생 친구였다. 그의 시는 건전한 인생관을 바탕으로 하여 널리 애독되었다.

＊ 시인의 시 제목 중심으로 페이지를 표기하였습니다.

그림 목록

엮은이 **강주헌**

1957년 서울에서 태어나 한국외국어대학교 불어과를 졸업하고, 같은 대학원에서 석사 및 박사 학위를 받았다. 프랑스 브장송대학교에서 수학한 후 한국외국어대학교와 건국대학교 등에서 언어학을 강의했으며, 2003년 '올해의 출판인 특별상'을 수상했다. 지은 책으로 《기획에는 국경도 없다》가 있고, 옮긴 책으로 《권력에 맞선 이성》, 《촘스키, 누가 무엇으로 세상을 지배하는가》, 《촘스키, 세상의 권력을 말하다》(1, 2), 《촘스키, 고뇌의 땅 레바논에 서다》, 《촘스키처럼 생각하는 법》 등 노엄 촘스키의 저서들과 《유럽사 산책》, 《문명의 붕괴》, 《월든》, 《습관의 힘》, 《어제까지의 세계》, 《인간이란 무엇인가》, 《느리게 사는 것의 의미》, 《힘들고 지칠 때 유쾌하게 힘을 얻는 법》 등이 있다.

그린이 **최용대**

프랑스 빌쥐프 시립미술학교를 졸업하고, 1993년부터 1998년까지 프랑스에서 활동했다. 1992년 첫 개인전을 시작으로 프랑스 오베르 장빌 시립미술관 초대전을 비롯하여 아트사이드 갤러리, 금호미술관, 갤러리 그림손 등에서 15회의 초대 개인전을 열었고, 1989년부터 한국과 프랑스, 미국, 캐나다, 일본 등 세계 여러 나라에서 200여 회의 그룹전에 참여했다. 1996년 벨기에 브뤼주 국제미술전 심사위원 최고상 수상, 1996~1997년 프랑스 Salon de Montrouge, Salon de Vitry에서 수상했으며, 2000년 평론가 44인이 선정한 '젊은 작가 100인(월간미술)'에 선정되었다. 2000년부터 본격화된 〈La Forêt 숲〉 시리즈를 통해 인간과 자연의 공존을 모색하며 작업해 왔고, 현재 양평 작업실에서 작업하며 왕성한 작품 활동을 하고 있다.

La Forêt _ www.yongdaechoi.com

번역가 강주헌이 뽑은
부모와 자녀가 꼭 함께 읽어야 할
세계 명시 100

그 깊은 떨림 Poem

초판 1쇄 인쇄 2015년 6월 10일
초판 1쇄 발행 2015년 6월 25일

엮은이 | 강주헌
그린이 | 최용대
펴낸이 | 한순 이희섭
펴낸곳 | (주) 도서출판 나무생각
편집 | 양미애 양예주
디자인 | 김서영
마케팅 | 박용상 이재석
출판등록 | 1999년 8월 19일 제1999-000112호
주소 | 서울특별시 마포구 월드컵로 70-4 (서교동) 1F
전화 | 02)334-3339, 3308, 3361
팩스 | 02)334-3318
이메일 | tree3339@hanmail.net
홈페이지 | www.namubook.co.kr
트위터ID | @namubook

ISBN 979-11-955094-7-8 03800